— 書き下ろし長編官能小説 —

友人の母

–誘惑の媚肉–

伊吹功二

竹書房ラブロマン文庫

目次

この作品は、竹書房ラブロマン文庫のために
書き下ろされたものです。

第一章　桐谷家の食卓

まだ残暑厳しい九月の夕方、加賀美守は桐谷家の二階で友人と過ごしていた。

「守、これ見てみろよ」

幼なじみの勇人が、スマホで動画サイトを開いてみせる。

「エロ動画？『AVに応募してきた人妻とハメちゃいました』ってお前、こんなのが趣味なわけ？」

「ちげーよ。見せたかったのは、この美智代って女」

ニヤつく友人に促され、守はサンプル動画を注視する。

「うん。結構美人だとは思うけど、これが何か？」

「彼女、俺が通っていた専門学校の事務局にいた子なんだよね」

守と勇人は、小中高と同じ学校に通ったが、その後は別の進路を歩んだ。勇人は建築関係の専門学校へと進み、二年前に卒業して建築会社に就職した。かたや守は四年制大学に進学し、今春晴れて就職したばかりだった。

動画では、温泉で全裸になった人妻が、悩ましい顔で男優の逸物を咥えている。

「へぇぇ、そんな偶然ってあるんだな」

「だろ？　俺も最初はビックリしたけどさ、『あれ？』って。どこかで見たことあるなと思ったら、『あー事務局の川奈さんじゃん！』ってピンときて。学生に人気のお姉さんだったし、まさかとは思ったけど」

「そんなこと聞いてたら、関係ない俺までムラムラしてきちゃったよ」

「だよな。俺も昔はちょっと憧れてたもんだから、この動画を見つけたときにはもうビンビンよ。すぐにダウンロードして、それから毎日シコりっぱなし」

ともに二十三歳の若者同士、それも幼なじみの気安さで猥談に興じていると、階下から呼ぶ声がした。

「夕飯ができたわよ。二人とも、降りていらっしゃい」

「わかった。今行く」

母親の声に勇人が答え、守も一緒に階段を降りていく。

食卓ではすでに一家の主の庄司が座に着き、先に晩酌を始めていた。

「勇人たちも飲むか」

「ああ。守も飲むだろ？　母さん、ビールとコップ二つ」

勇人が父親の角隣りに座り、守は対面に座を占める。

「はーい」

リビングに隣接した台所で、母親が返事をした。冷蔵庫からビールを取り出そうと前屈みになると、彼女のムチっとした尻の丸みがスカートごしに浮き上がる。

まもなく彼女は冷えたビールとコップを持って食卓へやってきた。

「はい、守くんもどうぞ。コップも冷やしといたわよ」

手渡されたコップも冷やされていて、霜が付いている。

「いつもすいません」

「今さら他人行儀なこと言うなよ。ほら、守」

代わりに庄司が答え、息子の友人にビールを勧める。守は主人の酌を受けながら、台所へと戻っていく主婦の後ろ姿を眺めていた。あの柔らかそうな尻たぼに、一度でいいからじかに触れてみたい。

子供たちが幼少の頃から、桐谷家と加賀美家は家族ぐるみの付き合いがあった。

数年前に守の両親は転勤のために広島に移住している。守だけは大学へ通うために一人都内に残ったのだが、桐谷夫妻は我が子同様に守を心配し、何くれとなく世話してくれているのだった。

　守が就職してから、こうして食卓を囲むことは以前よりも減ったが、今日のように遊びに来ていた日には、夕食をご馳走になることがちょくちょくあった。

　庄司が守に向かって訊ねる。

「仕事はどうなんだ。少しは慣れたか」

「ええ、まあ。まだわからないことばかりだけど」

　守が神妙に答えると、家の主人は「そうだろう」と言うように頷いてみせる。晩酌に顔を赤らめ、上機嫌そうだった。

「とにかく上司の言うことは、よく聞いておくんだぞ。最初は納得できないかもしれんが、後になってわかることが多いんだからな」

　言われて守は素直に頷くが、勇人は「また始まった」とばかりに苦い顔をする。

　これを見咎めた庄司が息子に向かって言った。

「お前もだぞ、勇人。少し早く社会人になったからと言って、慣れた気でいると、そのうち痛い目を見ることになるんだからな」

「あー、はいはい」

「なんだその返事は」

父子の間に不穏な空気が漂い始める。察した母親がすかさず話題を逸らした。

「守くんは、大学生のときから今の会社で働いていたのよね」

「うん。そのときは本社じゃなくて、店でのバイトだったけど」

「現場を知っておくのは大事だよな。俺も現場を回らしてもらって、職人とか施工主の気持ちがわかるようになったし」

同調するように勇人が口を挟み、庄司も矛を収めて、おかずに箸を伸ばす。

「そうだ、静香。こないだもらった明太子があったよな」

「冷蔵庫にまだあったかしら。見てくるわ」

夫に言われた妻の静香は、食卓の空気を見事に収め、台所へと立っていく。

守は、昔から静香のことが好きだった。貞淑な妻であり、家庭的な母親として、彼女は理想的な女性像というものを幼い守に植え付けてくれた。慈愛に満ち、やさしく微笑みかけてくれるのをいつも特別な贈り物のように感じたものだ。

しかし、彼は長ずるにつれ、いつしか静香をもう一人の母親としてではなく、女として意識するようになっていた。

彼女が守の実母より十歳近く若かったせいもあるだろう。十八歳で勇人を産んだ静香は、四十一歳になる今も美しかった。

（静香さん……）

　一度も呼んだことのない、名前を思い浮かべるだけで、なぜか胸の内が熱くなる。

「――おい、守。ぬか漬けいるか、って」

「あ……ああ、ごめん。もらうよ」

守が勇人の声で我に返ると、台所から静香が戻ってきた。

「明太子は今朝で切れちゃったみたい。代わりにいいものを見つけたわ」

「お。松前漬けか。アテにはいいな」

庄司は言うと、早速小鉢に箸を伸ばす。

静香は別の小鉢を守の前にも置いた。

「こないだ北海道のお土産でもらったの。守くんにも食べさせたかったのよ」

「ありがとう……おばさん」

慈愛に満ちた微笑みを向けられて、守は胸が掻き毟られるような思いに満たされる。

この笑顔を独り占めしたい。二人きりで、どこか遠くへ行って、世間のしがらみや時間など忘れ、一日中求め合っていたい――。

だが、現実ではあり得ないことだった。静香は身近で遠い存在だった。あくまで彼女は、「友達のお母さん」なのだ。家族同士の付き合いもある。

夕食を終えてしばらくすると、守は桐谷家に暇を告げた。

「ご馳走様でした。じゃあ、そろそろ帰ります」

「じゃあな、守。また」

「車に気をつけて帰るんだぞ」

庄司と勇人とはリビングで別れを言い、静香は玄関まで送ってくれた。

「本当に帰るの？　泊まっていってもいいのよ」

「うん。でも、明日も仕事があるから」

「そう？　じゃ、気をつけてね。早く寝るのよ」

暑い台所を何度も往復した主婦は、ほんのり汗ばんでうなじに後れ毛が貼り付いていた。守は努めて視線を逸らし、邪気のないフリをして答える。

「大丈夫だよ。お休みなさい」

「お休みなさい」

独り暮らしのアパートは、桐谷家から歩いて十五分ほどの駅の反対側にあった。守の部屋は二階にあり、大学受験の頃からもう五年以上住んでいる。

「ただいまー」

誰もいない部屋の明かりを灯し、ジャケットを脱いでクッションに横たわる。

「ハアァァ……」

寛いだ姿勢になると、一日の場面が蘇ってくる。職場でのこと、勇人との会話や食卓に並んだ料理、家庭の団らん――しかし心に浮かんでくるのは、静香の温かな微笑み、女らしい仕草、やさしい心遣いなどであった。

「静香さん」

桐谷静香、四十一歳。四歳年上の夫を持ち、息子は一人。一戸建てに住む専業主婦で、近隣との関係は良好。夫婦仲はよく、年に数回の家族旅行にも出かける。どこに出しても恥ずかしくない、いわゆる良妻賢母であった。

一方、守にとってはこの静香が悩みの種でもあった。彼女を女として意識するようになってから、その一挙手一投足が愛おしくてならないのだ。

「あぁ、静香さん……」

家庭の主婦らしく、華美ではないが、スッキリとした清潔な出で立ち。ノースリーブから覗くむっちりした白い二の腕が眩しく、スカートに隠された丸い尻が揺れるたび、つい手を伸ばしたくなる誘惑に駆られる。

何より笑みがやさしかった。つぶらな瞳は長いまつげがいつも濡れたように輝き、艶やかな唇はしゃぶりついたらさぞ美味かろうと思われた。挙措は慎ましやかで、決して大きな音を立てるようなことはなく、繊細な指先が器用に仕事をこなした。

そんな彼女だから、普段は肌を露わにすることもないが、夏場など襟の広いカットソーなどを着ていると、たまさか覗く乳房がいかにも柔らかそうなのだ。

「ハアッ、ハアッ」

気付くと、守は自分で陰茎を扱いていた。あの唇にキスしたい。たわわなオッパイにむしゃぶりつきたい。自分のペニスを突き立てて、思いきりよがらせてみたい。

だが、所詮は叶わぬ恋だった。相手は人妻、それも友人の母親なのだ。守はそんな苦しい思いをずっと抱えていた。あまりに静香を思うために、二十三歳の今まで恋人もできなかったほどだ。

「静香さんっ、静香さぁん」

欲望は募るばかり。しかし、同時に守は童貞というわけでもなかった。

あれは大学に入学し、独り暮らしを始めたばかりの頃。当時十八歳の守は、親からの仕送りのほかにも小遣いが欲しくて、アルバイトをすることにした。

見つけたバイトは、チェーンのカフェ店員。慣れない仕事も続けるうちに楽しくなっていき、気付けばほぼ毎日出勤するようになっていた。職場での信頼も上がり、いつしか大学より店で過ごす時間が長くなっていった。

　そんなある日、守はカフェの店長に頼まれて、休んだ従業員の代わりにヘルプで出勤することになった。

「お疲れさま。こんな日に限って忙しくなっちゃったね」

　ラストオーダーを終え、ひと息ついた店内で、店長の遠藤冴子が守を労う。

「たいしたことないですよ。それより上沼さん、大丈夫なんですか」

「あー、熱出しちゃったらしいけど、一日寝れば平気だって」

　この時間に残っている店員は、彼ら二人だけだった。冴子はアルバイトではなく、カフェチェーン企業の正社員として店を任されている。守より十五歳年上の三十三歳、結婚して夫のいる女性だった。

「ありがとうございました」

「またのお越しをお待ちしております」

　最後の客が去り、フロアの照明が半分消されて薄暗くなる。

　残った二人で店内を片付け始めた。守が洗い物を担当し、冴子は客席の椅子を上げていく。しばらくは会話もなく、静かな店じまいの光景が見られた。

やがて客席を片付け終えた冴子が洗い物の手伝いに来る。

「半分こっちでやるわ」

「すいません、お願いします」

「それにしても、加賀美くんはよく働くね」

「そうですか？　なんか楽しくて」

「洗い物が？　変わってるわね」

「洗い物が楽しいって訳じゃないけど、なんて言うか、店の雰囲気が好きなんです」

実際、守はバイトに来るのが楽しみだった。初めて働いて金銭を得るのもうれしかったが、それ以上に日々仕事を覚えていくのが、大人になったようで我ながら誇らしい感じがしていた。

「そうだ。店長にお願いがあるんですけど」

「なぁに？」

「この後、少しでいいんで、ラテアートを教えてもらえませんか」

最近ではコーヒーを入れるところまで任されるようになったが、ラテアートはまだ店長含め、限られた従業員にしか許されていない。守にとって憧れの仕事だった。

すると、冴子もふたつ返事で彼の申し出を受けてくれた。

「いいわよ。教えてあげる」

「やった。ありがとうございます」

「その代わり、あたしの指導はキツイわよ。覚悟しなさい」

すでに夜の十時を過ぎていた。人気のない店内で、冴子と守はカウンターに並んでラテアートの特訓を始めた。

「まずは基本のハートから作ってみましょう」

「はい。スチーマーからミルクを取っていいですか」

「いいわよ、そのピッチャーで。見ててちょうだい」

冴子は言うと、エスプレッソを入れたカップに、まずは泡立てたミルクで円形を作った。さらにその中心をピッチャーからミルクを注いで縦に裂き、ハート型を描いていくのだった。

みるみるうちにアートが出来上がっていくのを見て、思わず守は声をあげる。

「すごいな。左右のバランスもバッチリだ」

「感心してないで、今度は桐谷くん、あなたがやってみなさい」

「はい」

こうしてしばらくの間、二人はラテアートの練習をした。普段仕事のミスには厳しい冴子だが、今日は機嫌がいいのか、守が何度失敗しても怒らなかった。それこそ手取り足取りと言わんばかりの熱心さで教えてくれるのだ。おかげでいつしか守も気を許し、上司のプライベートにまで踏み込んでいく。

「噂で聞いたんですけど、冴子さんって準ミスだったんですか？」

「誰に聞いたの、そんなこと。ミルク足して」

「はい……。いえ、バイト仲間に聞いて」

守が聞いたのは、冴子が大学生の頃にミスコンで準優勝したということだ。たしかに冴子は目を引く美形だった。守と同年代の男連中は三十三歳の彼女を「オバサン」呼ばわりし、陰であらぬ噂を立ててはいたが、それも内心は欲しくても手の届かない憧れの裏返しであった。

冴子はいくつもラテアートを披露しながら答える。

「学生時代の話よ。もう何十年も前のことだわ」

深夜の薄暗い店内が、親密な空気を醸（かも）し出していた。好奇心旺盛な十八歳は、大人にいろいろと聞いてみたいことがあった。

「冴子さんは、なんでこの会社に入ったんですか」

「どうしたのよ、突然……。まあ、いいわ。じゃ、ひと息入れましょ。座って」

「はい」

冴子に促され、守はカウンターを回って腰掛けた。飲むものはいくらでもある。

すると、冴子も隣りに腰を下ろした。

「きっかけは、その準ミスのせいかもね。いろいろな会社からの引き合いもあったんだけど、自分の実力じゃない気がして。それで思い切って旅に出たの」

大学の卒業も決まった頃、冴子はバックパック一つ背負って世界一周の旅に出たという。そして日本に帰ってから大手広告代理店に就職するが、上司と意見が合わずに衝突した結果、中途退社することになる。

「その当時は、日本の企業に絶望していてね。アメリカに行っちゃおうかとも思ってたのよ」

だが、そのとき出会ったのが、現在の会社の社長だったという。

「たまたま講演会でね。社長の理念を聞いた途端、ピン、ときちゃって、その場で社長に入社させてくれ、って直訴したってわけ」

「すごいですね。僕にはとても真似できない」

若い女性がバックパッカーをして世界一周しただけでもすごいのに、社長に直訴してまで入社した経緯を聞くに及んで、守は改めて冴子のバイタリティーに驚いた。まさに「惚れ込んだらトコトン」を地で行く女性である。

ところが、冴子の表情がふと曇り出す。

「だけど結婚しちゃうとね、ままならないことも多いのよ」

彼女はカウンターに肘を突き、指先でエスプレッソカップを弄ぶ。

ふと見せた大人の女性の横顔に、守の心臓がトクンと鳴った。

「仕事と家庭の両立、ってやつですか」

「まあね……って、十八歳がナマイキ言うんじゃないの」

冴子は戯けて言うと、両手で守の脇腹をくすぐってきた。

「ひゃっ……。さ、冴子さん、やめてください」

「ダメー。許さないから」

普段から明るい冴子は、挨拶代わりに肩をポンと叩いたりはするが、こんなコミュニケーションの取り方は初めてだった。

「うはっ、くすぐったいですって」

守は嫌がりつつも、上司のいつもと違う雰囲気に気づき始めていた。しかし、それがどういう意味かはわからない。わからないながらも、本気でやめさせようとは思わなかった。

だが、やがて冴子の手が鼠径部を這い始めると、さすがの守もこれが異常事態だと理解した。

「さっ、冴子さん……？」

「最近思うの、結婚なんかしなきゃよかったかもって」

ラテアートを形作る繊細な指が、制服のズボンを揉みくしゃにする。

「守くんは、溜まってるって言葉、わかる？　……わかるよね」

「へ……!?」

見つめる冴子の目は潤み、息遣いが浅くなっていた。手は明らかに逸物をまさぐるように蠢いている。

守の息も上がっていた。

「ど、どうしたんですか。僕、こんなの――」

「女の人と、こういうの初めて？」

「……はい。だから、その……」

「あたしとじゃ、イヤ？」

すでに冴子の手はズボンにかかっていた。守は葛藤していた。実際童貞だったし、相手は上司で人妻なのだ。よくないことなのはわかっているが、女の甘い匂いが鼻をつき、股間はいやが上にも膨らんでいく。

「ハアッ、ハアッ。ああ、マズイよ……」

「旦那は私に触ってこないの。だから、男の人のここに触るのは久しぶり……。ねえ、守くんのこれ、食べちゃいたいわ」

「ああ……」

誘惑に逆らうことなど不可能だった。制服のズボンはテントを張り、冴子も脱がせ辛そうだった。

「立って」

「はい」

吐息交じりに囁かれ、守は催眠術にかけられたように言われたとおりにする。

すると、冴子は「それでいいのよ」というように笑みを見せ、十五歳も年下の男の下半身を露わにさせた。

「かわいい顔して、意外と大きいのね」

まろび出た肉棒は、臍につくほど反り返っていた。

守の顔が恥ずかしさのあまり真っ赤に染まる。座ったままの冴子の顔が、逸物の間近にあった。

「そ、そんなに近くで見ないでください」

「あら、どうして？」

「だって……いっぱい汗かいたし、汚いから」

「そう？　若くてきれいなオチ×チンだわ」

冴子は言うと、亀頭に鼻面を寄せて、クンクンと匂いを嗅いだ。

「うん、若い男の子の匂いがする。加賀美くんも溜まってるんじゃない？」

「いえ、その……」

年が離れていることもあり、守はこれまで意識したことはなかったが、こうして見ると、元準ミスだけあって冴子はやはり美女だった。

その美女に一日の汚れがついたペニスを嗅がれたのだ。女性経験のない、十八歳の彼にはあまりに刺激が強かった。

「元気なのね」

冴子はウットリとした口調で言うと、三本の指で肉竿をつまむ。

途端に守の全身を衝撃が貫く。

「あうっ……え、遠藤さん……」

若者の敏感な反応に熟女はほくそ笑んだ。

「うふ。感じやすいのね。かわいい」

そして、指がゆっくりと陰茎を扱き始める。仁王立ちの守は思わず天を仰いだ。

「ハアッ、ハアッ」

「先っぽからおつゆが溢れてきた」

人差し指が伸ばされ、鈴割れから溢れ出る先走り汁に触れる。

「はううっ」

「ほらぁ、こんなに糸引いて。オチ×チンがピクピクしてるよ」

冴子は羞恥に耐える彼をからかうように若いペニスを弄んだ。

守は為す術もなく、されるがままだった。女性には奥手な方だが、性欲がないわけではない。冴子をオカズにオナニーしたこともあるが、まさか現実でこんなことが起きるとは考えもしなかったのだ。

「美味しそう。ねえ、食べてもいい？」

上目遣いの冴子が言った。薄暗い照明のせいだろうか、その瞳は淫欲に爛々と光っているように見える。

守は蚊の鳴くような声で答えた。

「……はい」

「いい子ね。じゃあ、いっぱい気持ちよくしてあげる」

彼女は言うなり、口を開いて勃起物を咥え込む。

「はううっ……っく」

生まれて初めてのフェラチオは衝撃的だった。肉棒が温かい粘膜に包まれた瞬間、守は下半身が溶けてしまったかと思ったほどだ。

「んふうっ、んん……」

しかし、冴子はしばらく咥えたまま動かず、舌の上で亀頭を転がした。

「加賀美くんの——守くんのオチ×チン、少し塩っぽくて美味しいわ」

「うう……なんか、変な感じです」

「オチ×チンをしゃぶられるの、イヤ？」

「い、いえ、そんなことは——」

弄ばれているのはわかっているが、少しも腹は立たない。守は上司を尊敬し、ある意味憧れてもいた。ただ、美しく仕事もできる女性の冴子と、淫らな関係になるなど想像すらしていなかったのだ。

「もっと気持ちよくしてあげる」

彼女は言うと、根元までずっぽり咥え込み、ストロークを繰り出してきた。

「じゅぷっ、じゅるるっ」

「はうっ、そ、そんなにされたら——」

「んふうっ。どうなるの？　気持ちいい？」

「は、はい。すごく……ああ、遠藤さんっ」

快楽は瞬く間にピークを目指した。守はじっとりと汗が噴き出るのを感じ、血流が股間へ集まっていくのを覚えた。

眼下には、ピンで髪をまとめた冴子の頭が蠢いている。

「んふうっ、んっ……じゅぷぷっ」

「ハアッ、ハアッ。ああ、もうダメです……」

陰嚢が持ち上がり、尾てい骨の辺りから愉悦の波が押し寄せてくる。

冴子は両手で彼の腰を支え、一心にしゃぶっていた。

「硬いオチ×チン。美味しいわ」

「ああ、もうダメだ……」

諦めの念が守を打ち負かす。本当はとっくに射精したかったのだが、それでも堪えていた。洗っていないペニスをしゃぶられるだけでも恥ずかしいのに、まさか上司であり人妻でもある女性の口に精液を出すなどためらわれたのだ。

だが、童貞の彼が快楽に勝てるはずもない。

「うはあっ、ごめんなさい。出ますっ」

白濁(はくだく)は怒濤(どとう)の勢いで口中に放たれた。守は一瞬頭が真っ白になり、あまりの愉悦に卒倒しそうなほどだった。

「んぐっ……んん」

しかし冴子は全く動じなかった。突然のことに少し喉(のど)を詰まらせながらも、放たれた白濁を飲み干してしまったのだ。

「ハアッ、ハアッ、ハアッ、ハアッ」

果てた後、守はしばらく何も考えられなかった。

かたや冴子はケロリとして、紙ナプキンで口を拭(ぬぐ)っている。

「すごい。いっぱい出たね」

「すいません。我慢できなくてつい」

「いいのよ。守くんが気持ちよかったなら」

「遠藤さん——」

なぜかこれまで知っていた彼女とは別の人のように見える。遠くにあると思い込んでいたものが、実は近くにあったと気付いたときのようだった。

冴子がふと椅子から立ち上がる。

「ねえ、気持ちよかったのなら、お返ししてもらってもいいよね？」

「え？……ええ、もちろん」

「なら、冴子って呼んで。今だけでいいから」

彼女の手が肩に掛かり、真っ正面から見つめている。

守はゴクリと喉を鳴らした。

「──さ、冴子……さん」

「唇もかわいいわ」

「いえ、その……」

上司の顔をこんな間近に、まじまじと見つめたことはない。瓜実顔(うりざねがお)で、目鼻立ちのクッキリした冴子はたしかに美しい。だが、彼女を最も特徴付けるのは、ぷりっとした肉厚の唇だった。いかにも意思の強そうな目とちがい、艶(あで)やかで、ときにもの問いたげに見える唇はどこか隙を感じさせ、十代の守から見ても男心をそそられた。

（キスしたい）

一発抜かれてスッキリしたせいだろうか。翻弄(ほんろう)されっぱなしだった彼にも、ようやく自らの意思といえる欲求が湧いてきた。

ところが、その欲求は行動の前にかわされてしまう。

「そこで見てて」

冴子は言うと、肩に置いた手を離したのだ。

当てが外れた守はガッカリする。だが、別の誘惑が待っていた。

「忙しかったせいかしら。今日はあたし、なんかおかしいみたい」

冴子はそんなことを口走りつつ、自らブラウスのボタンを外していく。

閉店後の薄暗い店内で、童貞青年を前に大人の女がストリップショーよろしく一枚一枚制服を脱いでいくのだ。守の目は釘付けだった。

やがて冴子はブラウスをはらりとはだけ、テーブルに置いた。

「よかったわ。今日はきれいな下着をつけてきて」

白いブラジャーにはレース飾りが付いていた。冴子は細身（ほそみ）にもかかわらず、膨らみはカップからこぼれ落ちそうなほどだった。自慢のバストなのだろう。

「ねえ、あたしだけ脱ぐのは恥ずかしいわ。守くんも上脱いでみて」

「あ……はい。そうですよね」

言われて初めて気付いたように、守は慌ててシャツのボタンに手をかける。すでに下半身は丸出しだから、脱ぐのも簡単だった。

　そして冴子はブラも取り去り、ブラウスの上に置いた。まろび出た乳房は重そうに揺れ、乳首がピンと勃っている。

「ふうっ、ふうっ」

　全裸の守は息を凝らし、女体を見つめる。

　冴子はそんな彼の反応を楽しんでいるようだ。

「いいのよ、もっとじっくり見て」

　自分の体に自信がなければ言える台詞ではない。彼女の男遍歴が偲ばれるようだった。そしてついにスカートも下ろし、残るはパンティーだけとなった。

「最後の一枚。守くんが脱がせて」

「いいんですか」

「いいわ。これから、ここをあなたにあげるんだから」

　催促されて、守は側寄る。赤っぽいライトに照らされた裸身は眩しく、手を触れるのが怖いようだった。

「興奮する？」

「ええ。それはもちろん」

「あたしも。ドキドキしちゃう」

守の心臓は今にも飛び出しそうだった。恐る恐る小さなパンティーに指をかけ、慎重に引き下ろしていった。

「うう……」

完全に脱がせるには自分も身を屈める必要がある。彼は膝を屈したが、すると彼女の股間がちょうど顔の前に来た。

「ああ……」

生まれて初めて見る女の下腹部は、想像以上に淫らだった。

「いいのよ。見たいんでしょう？」

年齢も経験も重ねている冴子にとって、童貞青年の考えていることなどお見通しのようだ。

「ほら、いらっしゃい」

彼女は言うと、椅子に腰掛け脚を広げてみせた。

「すごい……」

ほかに形容のしようもない景色だった。初めて目にする媚肉は捉えどころがなく、複雑な形をしていた。粘膜は濡れ、ビラビラが息づいているようだ。土手を覆う恥毛は柔らかそうで、両サイドは刈り込まれ形が整えられている。

そうして彼が食い入るように見ていると、冴子は焦れったそうに言った。

「どうしたの。もっと近くで見ていいのよ」

「え、ええ……」

守は掠れた声で返事した。許可を得て、膝でにじり寄るように近づく。肉棒はとっくに復活していた。

「あのう……冴子さん」

「ん？　なあに」

「触ってみていいですか」

劣情に駆られ、彼としては精一杯の勇気を出して訊ねてみる。

すると、冴子は言った。

「守くんの好きにしていいのよ」

「あ……ありがとうございます」

こんな状況でお礼を言うのもおかしいようだが、十八歳の若者にはほかに応じる術もない。

「失礼します――」

守は震える指先で、大陰唇の形をなぞる。ぷくっとして柔らかい。

「あんっ」

途端に冴子が悩ましい声をあげた。守はビクッとして顔を見上げる。

「あ。ごめんなさい」

「謝ることないわ。気持ちよくて声が出ちゃっただけなんだから」

冴子はやさしく答えるが、このまま彼に任せていては埒(らち)があかないと思ったのだろう。前屈みになり、両手で彼の頬(ほお)を挟んだ。

「女がここまで求めているのよ。男ならもっと強引に責めて」

「はい……。えっと、その……」

「ああん、もう。焦れったいんだから」

やがて冴子は、もたつく守の顔を強引に股間へと押しつけた。

「んふうっ、舐(な)めて」

「むぐう……」

太腿に締めつけられ、媚肉に呼吸を妨げられた守は息もできない。だが、その苦しみは甘美なものだった。

「冴子……さん……」

ヌルッとした粘膜の感触を覚えつつ、舌を伸ばし、拙(つたな)い舌技で愛撫する。

彼の頭上で冴子が喘ぐ声がした。

「んっ……そう。それでいいの」

「ハアッ、びちゅるっ――」

芳しい牝臭が鼻腔をくすぐる。これがオマ×コの匂いか。守は懸命に舌を働かせながら思う。媚肉の匂いは、童貞が想像していたものとは違っていたが、リアルはより生々しくリビドーを刺激してくるのだった。

「レロッ、ちゅばっ」

「ああん、あっ、いいわ。上手よ」

「冴子さん、俺――」

「あふうっ、そう。もう少し上。クリを舐めて」

冴子は鼻にかかった声で言いながら、青年に女体の仕組みを教えていく。

守は花弁から溢れる牝汁を一心に吸い上げ、舐め取りながらも、上司の指示に従い、
ビラビラの少し上にある突起を探って吸いついた。

「びちゅるっ、ちゅばっ」

「あっふ……イイッ、そこ。感じちゃう」

「ハアッ、ハアッ。レロッ、ちゅぱっ」

きた。

「ああっ、もう我慢できないわ。守くんが欲しい」

冴子は言うと、不意に彼の顔を股間から離れさせて、一緒に立ち上がるよう促してきた。

再び二人は向かい合って立っていた。

「守くん、顔が真っ赤だわ」

「興奮しちゃって。その──」

場違いな弁解は途中で遮られた。冴子がキスで唇を塞いできたのだ。

「んっ。レロ──」

「んふぁ……」

すぐに舌が這い込んできた。守は口中にのたうつ舌を無我夢中で吸った。

「守くんのオチ×チンを挿れて」

冴子は言葉でお願いしながらも、逆手で肉棒を握り、自ら秘部へと導いていく。

張り詰めた亀頭が、ぬるりとした粘膜に触れた。

「ふぁうっ」

「んっ……」

花弁は広がり、瞬く間に太茎を呑み込んでいく。

気付いたときには根元まで埋もれていた。

「ああ、冴子さん――」

「あん。守くんがあたしの中に全部入っちゃった」

艶然と微笑む美熟女の顔は淫らに歪んでいた。守がこれまで見たことのない顔だった。だが、それ以上に蜜壺の感触に酔い痴れてもいた。

「ねえ、腰を動かして」

「は、はい」

求められ、守は彼女の脇腹を両手で支え、腰を上下に動かしてみる。

「あっ、あんっ、あんっ」

「ハアッ、うう……」

「いいわ。もっと激しく」

「はい。ハアッ、ハアッ」

ぬめりが太竿を舐め、動かすたびに締めつけてきた。自分の手でするのとは大違いだ。だが童貞の哀しさか、抽送はどうしてもぎこちなかった。

しまいに冴子も物足りなくなったのか、自分から恥骨を押しつけるようにしてきた。

「ああっ、あんっ。もっと、欲しいの」

「はううっ、っく。冴子さんっ、ああ……」

立位で繋がった両者の振幅が重なることで、肉棒への愉悦は倍増しになる。

「あふうっ、イイッ。ああん、中で大きくなってる」

「ヤバいです。俺……うはあっ、気持ちよすぎて」

「んふうっ。守くんも気持ちいい？　冴子のオマ×コ好き？」

「す、好きですっ。冴子さ……ぐふうっ」

膣壁が竿肌に絡みつき、出し入れするたび悦楽が襲いかかった。耳元で囁かれる淫語も相まって、守は今にも射精してしまいそうだった。

「ハアッ、ハアッ、ハアッ。俺もう──」

「イキそう？　いいのよ、イッて。あたしも……ああああっ」

「うう……本当に、マジで、出……出ちゃいますから」

「待って。あたしもイキそ──一緒にイこう」

冴子は言うと、これまでにも増して激しく腰を振ってきた。

「ンハアッ、イイッ。イクッ、イッちゃううっ」

「ああっ、激し……ダメだ、出ます。出……ううっ！」

快楽の波が守を襲う。逆らう術もなく、肉棒は盛大に白濁液を噴き上げた。

　すると、相前後して冴子も身を震わせた。

「あひいっ、イクッ……イイイイーッ！」

　いきなりしがみついてきた彼女は、天を仰ぐようにして絶頂を宣言した。それと同時に蜜壺が締まり、肉棒に残った精液も搾り取られる。

「ぐふうっ」

「イイッ」

　守が呻く傍らで、冴子は二度、三度と体をヒクつかせ、愉悦の余韻を貪った。

「ああ……」

「んふう……」

　徐々にグラインドが収まっていく。男女は長々と息を吐き、やがて劣情の一時が過ぎ去った。

「すごくよかったわ」

　ようやく呼吸が整うと、冴子は満足そうに言った。

　守はまだ顔を紅潮させつつ答える。

「俺も──最高でした」

「本当？　よかった。守くんの初めてが満足できて」

まとめ髪を乱れさせた冴子は美しかった。やがて彼女はゆっくりと結合を解いた。

「あんっ」

「ううっ」

粘膜は絶頂で敏感になっており、肉棒が蜜壺から抜ける際にも、二人に劣情の余韻を感じさせるのだった。

「このことは、誰にも言っちゃダメよ」

最後には冴子も上司らしく、職場不倫の事実を内緒にしておくよう言ってきた。

「ええ。今日のことは、誰にも言いません」

もちろん守も誰にも言うつもりはない。バレれば、傷つくのは人妻の冴子だ。

それから駅で別れたとき、守は複雑な思いで冴子の後ろ姿を見送った。今日のことは彼女のきまぐれであり、一回限りのことなのだろう。童貞を卒業できただけで良しとしなければならないのだ。

深追いするつもりもなかった。彼から望んだことでもない。しかし、若い守が初めての女性に特別な思いを抱くのも無理からぬことであった。

朝、スーツ姿の守は満員電車に揺られて出勤する。入社して半年ほどが過ぎ、毎日の通勤にもようやく慣れてきたところだ。

　地下鉄駅から歩いて五分、林立するビルの一角に彼の勤務先はある。

「おはようございます」

　一階ロビーでは、出勤してきた多くの同僚たちがひしめいていた。明るいフロアには朝から香ばしいコーヒーの匂いが漂っている。

　守はエレベーターではなく階段を使い、営業部のある二階へと向かった。

　株式会社カフェリアＨＤは、全国にチェーン展開するカフェ店およびレストラン事業を統括している。守は五年前の出来事のあとも店でバイトを続け、大学卒業とともに同社に就職し、本社営業部に配属されたのだった。

　二階フロアでは、すでに多くの営業部員たちが忙しそうにしていた。

「おはようございます、遠藤課長」

「おはよう。会議のプレゼン資料は出来ている？」

「はい。昨日のうちに揃えておきましたので。すぐお持ちします」

　守がまず向かったのは、冴子のデスクだった。店長として頭角を現した彼女は、二年前に本社異動となり、今も上司部下の関係は続いている。

　だが、続いているのは仕事の関係だけではない。あの日以来、ウブな守は冴子に何度となく誘惑され、気付けば若い愛人として飼い慣らされているのだった。

「課長、資料です」

「うん。ありがとう——よし。これで幹部連中を黙らせるわよ」

「はい。頑張ってください」

仕事でイケイケの冴子はベッドでも貪欲だった。三十八歳になり、ますます艶熟味を増した人妻は、ことあるごとに守を求めた。そして守もまた、彼女が与えてくれる快楽に流され、自ら関係を変えたりしようなどとは思ってもいなかった。

そんなある日、守は仕事で大きなミスをしでかしてしまった。入社して初めて任された重要な仕事に舞い上がり、必要な確認作業を忘れていたため、取引先にも迷惑をかける事態に陥(おちい)ったのだ。

当然、上司である冴子にも厳しく叱責された。

「加賀美っ、あたし何度も確認したよね。どうして忘れたの」

「申し訳ありません。忙しくてつい——」

「忙しいは言い訳にならないわ。取引先にはこまめに連絡。いつもあたしが言っていることでしょう？」

「はい……」

「いつまでも学生バイト気分じゃ困るの。不安ならあたしに訊きなさいよ」

「以後気をつけます」

肉体関係があろうと、冴子は容赦なかった。その点、彼女は公私の別はハッキリしていた。だからこそ、守も上司としての冴子を尊敬しているのだ。

とはいえ、今回ばかりは落ち込んでしまった。守は自分でも気が抜けていたと自覚しているからだった。冴子に、「学生気分が抜けていない」と言われても、仕方のないことだった。

なにより堪えたのは、その日のうちに迷惑をかけた取引先や関係会社すべてに、冴子とともにお詫びに出向いたときだった。

多少の嫌味などを言われることもあったが、全体としてそこまで怒られたりはしなかった。だが、謝罪する守の隣で上司の冴子も心底申し訳なさそうに詫びているのを見ると、彼女にそんなことをさせてしまっている、という罪悪感に強く苛まれた。入社して初めての挫折だった。

お詫び回りを終えると、冴子から今日は帰っていいと言われたので、守はそのまま酒場へ赴き、一人ヤケ酒を呷った。

「どうせ俺は使えないガキだよ」

まさに痛飲といった感じでグラスを重ねた。その結果、元々それほど酒が強いほうではなかったこともあり、守は完全に悪酔いしてしまったのだった。

飲み屋を出たあとは、どこをどうやって帰ったのかわからない。ただ、気付いたときには桐谷家の前に来ていた。

「こんばんわー、守でーす」

酔った勢いでインターホンを連打する。

すると、間もなく静香が玄関に現れた。

「守くんじゃない。どうしたの、そんなに酔って」

「すびばせーん、来ちゃいました」

「いいから中に入って。ご近所迷惑だから」

静香はだらしなく酔っ払った守の腕を引き、玄関の中へと入れる。すでに午後十時を回っており、一家の主婦はパジャマにストールを羽織った恰好をしていた。

「ちょっと待ってて。今、お水を入れてくるから」

静香は言うと、守を玄関に残し、台所へと向かった。かたや守は靴を脱ぐのも厭わしく、上りがまちに腰を下ろすと、面倒臭くなってそのまま横臥してしまう。

やがてコップを持った静香が戻ってきた。

「あらあら、ダメよ。そんな所で寝ちゃ。お水を飲んで」

彼女は心配そうに膝をつき、彼が起き上がれるよう背中を支えた。

何とか起き上がった守はコップの水を飲む。

「すみません、こんな夜遅くに」

人心地ついた彼はようやく少し正気に戻った。

「いいのよ、そんなことは。それよりどうしたの」

「いや、仕事でちょっと……」

言い淀む守はふと静香の顔を見る。すると、慈母は息子の幼なじみを気遣わしそうに見つめていた。夜遅く突然訊ねてきたことなど、少しも迷惑に思っていないようだった。

「勇人はもう寝てるのよ。あの子、朝が早いから」

静香はあえて話題を逸らし、守の気を引き立たせようとした。すでに化粧も落としていたが、浮かべた笑みはやさしく、日中よりむしろ美しくさえ見える。パジャマの襟元から覗く肌が艶やかで、ほんのりボディソープの香りがした。

「おばさん、俺──」

まだ酔いは回っていた。玄関先で膝をつく静香は魅惑的だった。張り詰めた太腿が布一枚越しにも守の胸を切なくさせる。

「今晩は泊まっていったら？　シャツは洗っておいてあげるから」

「おばさんっ」

たまらず守は彼女の膝に縋りついていた。酔った勢いでなければ、とてもできなかったことだろう。

静香もさすがに驚いたようだった。

「ま、守くん……？」

「ごめん。俺――今だけでいいから、ちょっとだけこうさせて」

太腿に顔を埋め、膝を抱えた守は口走る。

すると、とまどっていた静香も、彼の苦境を理解したらしく、

「いいのよ。大丈夫、大丈夫よ」

と言葉をかけつつ、やさしく頭を撫でてくれた。

守は幸せだった。さっきまであれほど苦しかったのに、静香の膝枕は魔法のように安らぎを与えてくれた。温かく、良い匂いがした。

「大変だったのね。頑張ったのね」

やさしく慰められ、髪を撫でられるのが心地よかった。子供の頃から守を知る静香は、とっくに大人になっている彼をも甘やかしてくれた。

夜の住宅街は静かだった。建設会社に勤める勇人は、現場によっては早朝出勤になるため、すでに二階で就寝している。庄司はまだ帰宅していないようだった。

(静香さん……)

守は心の中で愛しい人の名を呼ぶ。酔ってはいるものの、意識はハッキリしていた。二人きりだった。

「おばさん、俺――」

不意に彼はムクリと起き上がる。

目の前には、聖母のような微笑みがあった。

「どう。少しは落ち着いてきた?」

「う、うん……ただ――」

なぜかこんなチャンスは二度とないような気がした。ストールを羽織ったパジャマの胸元から目が離せない。

そんな彼の思いを知る由もない静香は、正座の脚を崩す。

「なぁに。胸につかえていることがあるんだったら、吐き出しちゃいなさい」

「う、うん……」

守の胸が高鳴る。欲望と理性が葛藤した。いつもの彼なら理性が勝つのだが、この日の悪い酒が欲望に勝ちを譲ってしまう。

「しず——おばさんっ」

思い余った守は、静香の胸に飛び込んだ。両腕で彼女の体を抱きしめ、谷間に顔を埋めるようにしたのだ。

静香の驚きも、膝枕のときとは比にならなかったようだ。

「ちょっ……ま、守くん⁉」

「ごめん。でも、どうしても」

「わかるけど、これは——」

いくら息子の幼なじみとはいえ、相手は二十三歳の立派な成人男性だ。貞淑な妻として彼女がとまどうのも無理はない。

しかし、守はしがみついて離れようとしなかった。

「こうしているだけでいいから」

必死に弁明しながら、彼はますます顔を谷間に埋めた。頭がカアッとして何も考えられない。人妻の膨らみが柔らかく頬を包んでいた。

「ふうっ、ふうっ」

守は熱い息を吐き、静香の体臭を吸い込んだ。風呂上がりのため、感じるのはボディソープの香りだけだが、その奥にほんのり彼女自身の匂いが混ざっている気がする。

「守くん……」

それでも静香は無理矢理引き剝がそうとはしなかった。大事になるのを避けたかったのかもしれない。あるいは——本能が勝ちを占める守の脳内は、自分に都合の良い理屈をつけようとした。

「ふうっ、ふうっ」

やがて守は右手を彼女の背中から離し、服の上から胸の膨らみをつかんだ。柔らかい。顔は谷間に埋めたままで、彼は乳房を揉みしだく。

この狼藉にさすがの静香も身を振りほどこうとする。

「ちょっ……ダメよ。守くん、どうしたの」

「だって俺、ずっと——」

「いけないわ。やめてちょうだい」

二階で勇人が寝ていることもあり、やりとりは囁くような声で交わされていた。だが、周囲が静まりかえっているだけに、服の擦れ合う音や激しい息遣いが妙に耳に響く。

「ふうっ、ふうっ」

守の揉みしだく手は次第に大胆になり、服の中にまで入り込もうとしていた。

「守くんっ……」

普段はやさしい静香も必死に抵抗する。パジャマの襟元は崩れ、柔肌を包む白いブラジャーが見え隠れした。

「ハアッ、ハアッ。静香さん――」

「ダメ……ねえ、お願いよ」

攻防は続いた。しかし静香の抵抗も、興奮に我を忘れた若い男の力には敵わない。やがて彼女が諦め、愛撫を許してしまうのも時間の問題と思われた。

ところが、そのときインターホンが鳴ったのだ。

「あの人だわ。やめて」

どうやら家の主人が帰ってきたらしい。さすがの守もふと我に返り、人妻の身体をようやく解放する。

「ごめんなさい。俺……」

「いいから。今日は帰って」

静香は慌ててパジャマを掻き合わせ、髪の乱れを直す。

守が立ち上がったとき、タイミングよく庄司が玄関ドアを開けた。

「ただいま――お、守来てたのか」

「おじさん、今晩は……。い、今帰るところ」

「おお、そうか。気をつけてな」

「お帰りなさい、あなた」

間一髪でバレるところだった。庄司がインターホンを鳴らす習性があったことが幸いした。もし、見られていたら修羅場（しゅらば）が繰り広げられていたことだろう。

「おやすみなさい」

守は逃げるように桐谷家を後にする。庄司の帰宅がもう少し遅かったら――後悔と罪の意識が胸をざわめかせていた。道路に出て振り返ると、桐谷家の玄関の明かりが見えた。あんなことをした後だ、もう二度と静香には会えないかもしれない。

帰宅した庄司は外で夕食を済ませてきたと言い、すぐに就寝した。しかし、一人残った静香はまだ動悸が収まらない。このままでは寝付かれそうにもなく、また守との攻防で汗をかいてしまったので、もう一度シャワーを浴びようと浴室へ向かった。

脱衣所でパジャマと下着を脱いだとき、ふと鏡に映る自分の姿が目に入る。四十を越え、目尻や二の腕にはそれなりに年齢を重ねた跡が見える。それでも自分はまだ若さを保っている方かもしれない。

「わたしったら何を考えているのかしら。馬鹿らしい」

迷いを断ち切るべくわざと声に出して言うと、鏡から目を逸らすようにして浴室に入る。

熱いシャワーの湯が気持ちよかった。

(守くん、今日はいったいどうしちゃったのかしら……)

考えまいとしても、先ほどの場面が思い浮かんでしまう。幼い頃から知る守が、まさかあんな行為に及ぶとは——複雑な思いが胸を締めつける。

最初のうちはよかったのだ。おそらく仕事で何か失敗したらしい守が、アルコールのせいもあって、つい甘えてしまったのだろう。膝に縋(すが)りつかれたときは、彼女自身、純粋に母性をくすぐられたのだ。

一人息子もすでに成人し、今となっては直接触れ合うこともない。母親として少し寂(さび)しく思っていたところもあり、我が子同様の守に縋りつかれ、正直うれしい気もした。昔を思い出すようだった。

しかし、問題はその後だ。守が胸をまさぐる手つきは、母親に甘える子供のそれではなかった。明らかに別の意味を持っていた。

（まさか。でも――いいえ、あり得ない）

我が子同然に思っていた青年が、自分を女として見ている。彼の行為からすれば、他に説明はつかないのだが、どうしても認めたくない自分もいた。

静香はシャワーヘッドを高い位置に固定し、熱い湯を顔から浴びた。

守も二十三歳の青年だ。人並みに性欲があっても、ちっともおかしくはない。もし、あのまま夫が帰ってこなかったら――邪な可能性が、脳裏をよぎってしまう。結婚以来、夫を裏切ることなど一度たりとも考えたことすらなかっただけに、自分のドス黒い部分を見せつけられたような気がして胸が痛んだ。

（きっと気の迷いに過ぎなかったのよ。酔っ払っていたんだわ）

静香は自分に言い聞かせ、よぎった思いを打ち消そうとする。今度会ったら、何事もなかったように迎えてあげよう。それが大人の役割というものだ。

しかし、そんな理性の声とは裏腹に、気付けば自分で乳房をまさぐっていた。

（この胸をあの子が――）

ふと体の奥に痺れるような感覚が走り、秘部に熱いものが溢れるのを感じる。

「ダメよ、ダメ……」

静香は慌てて乳房から手を離し、すんでのところで罪深い妄想に身を委ねてしまうのを押しとどめた。わたしは庄司の妻だ。夫を愛し、家庭を大事に思っている。彼女はこれまでの半生を否定するつもりはなかった。

だが一方、いくら拒もうとしても、貞淑な妻の胸底には、自分でも理解しがたい暗い燻りが残るのだった。

第二章　募る愛欲・人妻と青年

休日の午後、守のアパートには勇人が遊びに来ていた。二人とも休日を一緒に過ごす相手がいないからだが、この日の勇人は様子が違った。

「まあ、そう焦(あせ)るなって。今から話してやるからさ」

壁にもたれ、もったいぶる友人に対し、守は言った。

「じゃあ、あれから愛梨姉(あいりねえ)とデートしたんだ」

「おうよ」

愛梨姉、というのは守の従姉(いとこ)だった。先日、守が親戚何人かとレストランで法事帰りの食事会に参加していると、そこへ偶然勇人が現れた。そのとき一緒にいた愛梨のことを見初(みそ)めた勇人が、のちに彼女を紹介してくれと頼んできたのだ。

守は承諾した。従姉に男を紹介するのは気が引けたが、相手は他ならぬ幼なじみである。ダメ元のつもりで連絡すると、意外なことに愛梨はあっさり会うことをオーケーしたのだった。

　今日は、その後の経緯を勇人が報告しにきたというわけだ。

　間を取り持った守は慎重に質問する。

「けど、相手は七個上だろ。どこ行ったんだよ」

「遊園地。ほら、浅草にあるだろう」

　得意げな勇人の顔を見れば、デートがうまくいったのはわかる。だが、昔から知る従姉はウブな箱入り娘ではない。どちらかといえば、若い頃には男出入りも激しかったと聞く。

「遊園地ぃ？　愛梨姉、不機嫌だったんじゃない？」

　実を言えば、守はすでに愛梨から報告をもらっていた。そのとき彼女は、「アラサー女を遊園地に誘うなんて、やっぱりまだ子供ね」などと言っていたのだ。冷笑的な反応に、てっきりデートは失敗したのだと思い込んでいた。

　ところが、勇人はホクホク顔で答えるのだった。

「不機嫌なんてとんでもない。彼女、二十歳の女の子みたいに喜んでいたぜ」

「マジで!?」

「ああ。ジェットコースターに乗ったときなんて、キャーキャー言って俺にしがみついてきたんだから」

「へぇ～」

意外だった。では、電話での従姉の発言は照れ隠しだったのか。

勇人は続けた。

「――んで、遊園地で散々楽しんだ後、どうしたと思う？」

「どうしたって……。え、ウソだろ？」

「マジ」

「って、まさか。ホテルとか？」

「ラブホに直行よ。ほら、上野にあるじゃん」

なんとデート初日に男女の関係になったというのだ。守は返す言葉もなかった。昔から勇人は守と違い、積極的な性格だった。だから従姉を紹介してくれと言われたときも、さほど驚きはしなかったのだが、まさかこんなに早く展開するとは想像すらしていなかった。

しかも、その相手というのが従姉の愛梨なのだ。年下好きとは聞いていないが、なぜ三十歳の彼女が二十三歳の勇人とその気になったのだろうか。

「いったいどうやって愛梨姉を口説いたんだよ」

ぜひ聞いておきたいところだった。守が密かに思う相手も、年上なのだ。

勇人は自信たっぷりに言った。

「相手が年上だからって、回りくどいことしても意味ないね。ストレートに『抱きたい』って気持ちを伝えるべきだよ」

「へえ、そういうものかな……」

「だって、それが若さの特権だろう？　利用できるもんは利用しなきゃ」

「なるほどな」

「あれ？　もしかして守も誰かいるの。年上の女？」

「あ、いや……。別にそういうわけじゃないんだけど。やっぱすごいよ、お前は」

「まあな。彼女、『また会おうね』だって。俺もマジになっちゃおうかな」

守は、幼なじみと従姉がくっついたことを素直に祝福した。しかしその一方で、彼は勇人の話に感化され、チャンスがあれば静香に自分の気持ちを伝えようと心に誓うのだった。


昼下がりの桐谷家では、静香が家事を一段落したところだった。

「ふうーっ」

ため息をつきつつ、ソファーに腰を下ろす。掃除を終えたばかりのリビングは、生活感に溢れながらもチリ一つ落ちていない。

点けっぱなしだったテレビでは、昼メロドラマが流れていた。

「この奥さん、この後どうするつもりかしら」

静香は浮気された妻の行く末を案じるようなことを呟くが、その実、ちっともドラマに集中できないでいた。もっと他に気がかりがあったからだ。

彼女を悩ませているのは、他ならぬ守のことだった。

(守くん……)

あの夜以来、静香は守を意識せずにはいられなかった。普段通りに過ごしていても、ふとした瞬間に思い出してしまうのだ。

だが、静香は貞淑な妻だった。

「ううん、きっと勘違いよ。わたしの思い過ごしだわ」

わざと声に出し、自分に言い聞かせるようにする。心に迷いがあること自体が罪深いように思われるのだ。

結婚してもう二十三年、彼女はずっと幸せだと思っていた。若くして息子を宿し、仕事熱心な夫のおかげで何不自由なく暮らせている。この幸せを壊したいなどと一体誰が思うだろう——。

テレビでは夫の浮気がバレて、修羅場が繰り広げられていた。こんな最悪のことが自分の人生で起きるはずはない。マジメ一方の庄司は浮気するタイプではないし、息子も立派に育っている。

「でも……」

庭には午後の日差しがたっぷりと注いでいた。明かりを点けないリビングは対照的に薄暗かった。

（この胸にあの子が触れた——）

無意識に静香は両手で自分の膨らみに触れる。

「……ん」

小さく声が漏れる。そのつもりはないのに、気付けば服の上から乳房をやさしく揉みほぐすようにしているのだった。

「ああ、いけないわ」

オナニーなど久しくしていない。これまではその気も起きなかったのだ。暮らしを、家庭を守るだけで十分だった。

だが——、貞淑な妻の心にはいまや守の存在があった。

「あんっ、ダメ……」

静香は葛藤するが、手は止まらない。服の上からではまどろっこしくなり、ついには裾から手を入れて、乳房をブラからはみ出させていた。

「ハアッ、ああっ……」

揉みほぐし、指先で勃起した乳首を捏ねまわした。

脳裏に浮かぶのは、守の真っ直ぐな瞳だった。あの晩はたしかに酔ってはいたが、彼女への欲望が切実なほどだったのは事実だ。

「守くん、いけないわ」

口では否定しながらも、一旦火のついた劣情は収まらない。やがて彼女は右手をパンティーの中へと滑り込ませていく。

「あふうっ」

指に触れた割れ目はビチャビチャだった。

(こんなに感じるのは、どれくらいぶりかしら)

指先で牝芯を弄りながらも、感慨に浸る。背筋にゾクッとした快感が走り、その気はなくとも勝手に腰がヒクついてしまう。

「んんっ……あんっ、どうしよう」

いまや静香はソファーの上で両脚を広げ、下卑たポーズで自らの乳房と媚肉を慰めていた。

「ああっ、はうんっ、イイッ」

絶対にあり得ないが、もし万が一、守とこんな痴態を演じるようなことがあったら——貞淑な妻も、昼下がりの妄想とオナニーの快楽で、心理的な障壁が希薄になっていく。

右手の指は、ピチャピチャと淫らな音を立てていた。

「あんっ、あふうっ」

自ずと太腿を締めつけてしまう。挿れる指は一本から二本になった。

彼女は自分の指を守のペニスに見立てていた。

「あっふ、ああっ、ダメぇ……」

誰もいないリビングで主婦は悩ましい声をあげた。顎を持ち上げ、うっとりと目を閉ざし、乳房を揉みしだきながら、秘部を掻き回しているのだった。

もし、こんなところを夫や息子に見られたらどうしよう。

「んっふ、イイッ」

堪えきれず、静香はソファーに突っ伏した。バックでねだるような恰好で股間をまさぐり、乳房も揉み潰すようにするのだった。

「んふうっ、んんっ」

頭が真っ白になっていく。子供も成人し、夫と交わることも稀になった。性的快楽自体が久しぶりだった。徐々に昇り詰めていく感じが懐かしく、静香は次第に自分が女であることを思い起こす。

右手は激しく蜜壺を掻き回していた。

「あっはあ、ダメ……イクッ、イッちゃう」

ビクン、ビクンと腰が蠢き、意識が一点に集中していく。

愉悦が高まるにつれ、全ての憂いが消えていくようだった。

「あんっ、ああっ、イイッ、もっと」

もはやテレビの音など聞こえていない。静香は自分の喘ぎ声の淫らさに、自ら背徳感を高めながら、懐かしき頂上を目指していった。

二本の指を出し入れしつつ、親指を使って牝芯を押し潰す。

「あっひ、ダメ……もう、イッちゃう……」

守、守くん——悦楽に溺れた妻は、心の中で青年の名を呼んだ。

その瞬間、静香の全身が愉悦の波にさらわれた。

浸った。

自ずと腰が引け、股間の指を食い締める。静香は頭が真っ白になり、絶頂の悦(よろこ)びに

「イイッ、イクううぅっ！」

「あっひぃ……」

無意識にビクンと体が震え、次いでガクリと脱力し、ソファーに潰れた。

「ハァッ、ハァッ、ハァッ、ハァッ」

時間にしてほんの数分のことだった。服を着直した静香は、呆然として自分の右手を見る。指はいやらしい汁で濡れていた。

「どうしちゃったのかしら、わたし——」

いい年をして、するつもりもなかったオナニーで絶頂してしまった。静香は罪悪感に塞ぎ込むが、同時に得体の知れない胸のときめきも感じていた。

「納入の詳細については、改めて加賀美からご連絡差し上げますので。今後ともどうぞよろしくお願いいたします」

「本日はお忙しい中、ありがとうございました」

その日、守は上司の冴子に同行し、営業先を辞去するところだった。

訪問先のビルを出ると、二人は近くに停めてあった営業車に向かう。

「なんか拍子抜けしちゃいましたよ。あんな簡単に契約がまとまるなんて」

「そう？　普通だと思うけど」

二人は並んで歩きながら、取引の結果について語り合う。今、会社では小売店向けにオリジナルブレンドのコーヒー豆の営業に力を入れていた。

もちろん、その先頭に立つのは冴子率いる営業部となる。

「次からは、あなたが一人で担当するのよ。しっかりしなさい」

「はい」

職場では、あくまで上司と部下だった。今回の取引先は、アポイントこそ守が取り付けたのだが、なかなか契約の話には至らなかった。四十代後半の仕入れ責任者の男は性格が細かく、雑談には応じるものの、取引の話になると何かと難癖をつけてきては、結局空手で帰らされていたのだ。

それがどうだ。今回、冴子が同行した途端、あっさりと契約がまとまった。

「遠藤課長」

「ん？」

「さっき契約の詳細を詰めているときですけど――」

ったろうと思う。

「向こうの担当者、課長の脚ばかり見ていませんでした？」

「うん」

その日、冴子は膝上丈のタイトスカートを穿いており、ソファーに座るとなまめかしいストッキング脚が太腿の半ばまで露わになった。正面から見たら、さぞ色っぽかったろうと思う。

するとと、冴子は失笑交じりに言った。

「わかってるわよ、そんなこと。スケベそうなオヤジだったわね」

「でしょう？　僕もそこが気になって――」

「スケベ心で契約したのか、って？　もしかして勘違いしてない？」

大股で歩く冴子に横目で睨まれ、守は慌てて弁解する。

「い、いえ。違います。課長の営業トークは説得力がありましたし、僕もすごく勉強になって……。ただ、その――」

恐縮し、しどろもどろになる部下を見て、上司の冴子は楽しそうに笑った。

「冗談よ、冗談。まあ、半分はそんなところがあるかもしれないけど、最終的にはお互い会社の利益のためだから。加賀美も精進しなさい」

「はい。勉強させてもらいます」

上司が怒っていないのがわかり、守はホッと胸を撫で下ろす。

するると、冴子もすぐに話を切り替えた。

「今日はだいぶ涼しくなったわね」

「そうですね。九月の割には」

まだ日によってはうだるような暑さだが、この日は薄曇りということもあり、時折吹く風が肌に気持ちよかった。

そうするうち二人は駐車場に着き、営業車に乗り込んだ。

「帰りはあたしが運転するわ」

「そうですか。お願いします」

運転席に冴子が座り、守は助手席側に回る。

日中はあまり車も通らない静かな郊外だった。駐車場は人通りから離れた雑木林に隠れるようにしてあり、木陰のせいで車内の気温も高くなっていない。

ところが、冴子はなかなかエンジンをかけようとしなかった。

どうしたのだろう。守がボンヤリ思っていると、ふと冴子が助手席に身を乗り出してきた。

「出して」

「え？」

車を出すのは彼女の役割だ。守はとまどうが、冴子の声の調子に別の意図を感じとれるだけの関係性はあった。

「早く」

冴子は言いながらも、自ら彼のズボンを脱がせにかかる。

彼女が欲情しているのは明らかだ。もはや上司部下の関係ではない。

「冴子さん――」

「ひと仕事したら、なんだか守のオチ×ポが欲しくなってきちゃったの」

気付けば、守は下着ごとズボンを膝まで下ろされ、肉棒を曝け出していた。

「あら、まだ半勃ちみたいね。あたしが大きくしてあげる」

冴子は言うと身を屈め、鈍重な逸物を口に含んだ。

途端に守は快楽に包まれた。

「あうっ……」

「んふうっ。もう硬くなってきた」

「さ、冴子さん。こんな所で」

人気がないとはいえ、昼日中の駐車場である。いつ誰が来るかわかったものではない。

しかし、冴子はフェラに夢中だった。

「じゅるっ、じゅぷっ……。そんなことを言いながら、もうカチカチじゃない」

「ううっ、そんなに吸われたら」

「だって、守が欲しくなっちゃったんだもん」

冴子は自分の欲望に忠実だった。守がバイトだった頃に比べ、頻度こそ減ったものの、まだこうして時折突発的に交わることがあった。

恐らく今日は契約がまとまったからだろう。気分が高揚したついでに下半身もムラムラしたのかもしれない。

「んっふう、おいひ……守の、このカリのところが好き」

彼女は口走りながら、舌先で雁首の周囲を舐め回す。

守の息は上がっていた。

「ハアッ、ハアッ。うう、冴子さん」

ペニスはいきり立ち、唾液に濡れ光っていた。守は車の天井を見上げ、熟練の舌技に身を委ねる。

冴子を見ると、片膝をシートに乗せ、股間で一心に頭を上下させている。タイトスカートがまくれ上がり、太腿の付け根まで丸見えだった。

「冴子さん、俺もう――」

「ああん、あたしも我慢できない。シートを倒して」

守が十八のときからもう五年来の関係だった。相手の望んでいることは大概わかるようになっていた。冴子がこうして突然欲しがるのは、今日のように仕事が上手くいったときもあれば、反対に上手くいかなかったときもある。あるいは夫と喧嘩したとか、新しい体位を試してみたいなどの理由もあった。

守がシートを最大限にリクライニングさせている間、冴子はスカートを腰までまくり上げる。全部脱ぐのは面倒に思ったのだろう。パンティーだけを抜き取ると、助手席側に移動してきた。

「このままいくわよ」

彼女は言うと、守に跨がりゆっくりと腰を下ろしていく。

すでに濡れそぼった花弁に硬直が呑み込まれていく。

「んっ……」

「おうっ……」

「ああ、熱いわ。相変わらず元気なのね」

腰を沈めた冴子は、充溢感を確かめながら肉棒を褒め称えた。

「冴子さんこそ。オマ×コ、ヌルヌルじゃないですか」

こうした睦言のやりとりも、守は全て冴子から学んだのだった。

やがて彼女は上で腰を動かし始めた。

「あんっ、んっ。イイッ」

「はうっ、ううっ」

狭い車内ゆえ、ベッドと同じようなわけにはいかない。天井も低く、冴子は身を屈めなければならなかったが、その分密着感は増した。

彼女が腰を落とすたび、ピチャピチャといやらしい音が鳴った。

「あっ……ああっ。中で、守が大きくなってる」

「冴子さんも……冴子さんのオマ×コも熱くなって。蕩けちゃいそうです」

彼らの関係は特殊だった。二十三歳と三十八歳。年がひと回り以上も離れた、それも上司部下というのもあるが、二人が肉を交える際は、常に冴子が求めるのであって、その反対はなかった。

「あっ、んんっ、んふうっ」

中途半端な姿勢に耐えきれなくなったのか、冴子が上半身を密着させてくる。

そんな彼女を守は受け止め、身体が落ちないようしっかりと抱きしめた。

「守──」

冴子は長い髪をかき上げながら、半開きの唇から舌を伸ばしてくる。

すかさず守も首をもたげ、甘い匂いのする女の唇にしゃぶりつく。

「むふうっ。レロッ、ちゅぱっ」

「んんっ。もっと……ねえ、もっとレロレロして」

「冴子さん……」

濃厚に絡まる舌は、互いの口内を舐めたくった。唾液が交換され、吐く息を互いに吸い込んだ。

下半身だけ脱いだ男女の性臭が車内に立ちこめる。

守のシャツの下は汗でじっとり濡れていた。冴子も恐らく同じだろう。

「今度は守が動かして」

キスをしながら冴子が言う。

すると守は返事をすることもなく、指示通りに下から腰を突き上げる。

「レロッ……ぬおぉ……」

「んっふう、そうよ。いいわ」

守はシートの上で器用に腰を蠢かし、馴染んだ媚肉を突いた。やがて抽送はリズムを刻みだし、結合部はぬちゃくちゃと音を立てた。

「ハアッ、ハアッ」

「んああっ、イイッ……守のオチ×ポ」

「冴子さんこそ。ううっ、今日はなんだか締まる」

「ああん、それじゃいつもはゆるゆるみたいじゃない」

「そうじゃないです。でも、今日はマジで――はううっ」

十八歳で筆おろししてもらってからというもの、五年後の今まで守はなし崩しに冴子の性玩具にされているようなものだった。だが一方では、彼自身もこの関係を楽しんでいた。冴子のおかげで一人前になれただけではなく、体を重ねるたびに性戯の手ほどきを受けているようなものだったからだ。

ましてや今は静香をモノにしたいと思っているところだ。なおさら学ぶべきことは多かった。

「ねえ、真っ直ぐ突くだけじゃなく、中で掻き回してちょうだい」

身を伏せた冴子が訴える。

その熱い吐息が守の耳にかかった。

「は、はい」

答えた彼は両手で彼女の尻たぼをつかみ、腰を回すように動かした。

「ハアッ、ハアッ。こ、こうですか？」

「あううっ、いいわ。上手よ」

守が腰を捻りながら突き上げると空気が入り、これまでよりもピチャピチャいう音が大きくなる。

「んっふう、感じちゃうぅ」

冴子は悩ましい声をあげて背中を反らした。いつも完璧なメイクを施している彼女だが、いまや顔は汗ばんでファンデーションが浮いている。

そのギャップがまたたまらない。

「冴子さんっ」

思わず守は手を伸ばし、彼女のブラウスの中に差し込んでいた。ボタンを外すのももどかしく、直接乳房をブラから引っ張り出すようにして揉んだ。

途端に冴子は身悶えた。

「ああん、いやらしい子ね」

「だって、冴子さんが——冴子さんだって、乳首勃ってるじゃないですか」

「あら、守も言うようになったじゃない」

熟女らしくたしなめるように言うと、彼女は再びキスをしてきた。

「じゅぱっ、んんっ」

「ふぁう……ふうっ、ふうっ」

日は傾き始め、車内の二人を照らしていた。抽送に合わせて車体はきしみ、まるで宙に浮かんでいるようだ。

「ハアッ、ハアッ」

守は息を上げながら、懸命に腰を動かした。

冴子もうっとりとした表情を浮かべ、悦楽に浸っている。

「んふうっ、イイッ」

「冴子さん……」

見上げる冴子は日を浴びて輝いていた。長い髪は乱れ、汗ばんだ頬に貼り付いており、片乳だけ放り出した姿にやり手上司の威厳はない。だが、一体どれだけの男たちが彼女のこんな姿を見たいと願っていることだろう。

その点、守は自分が恵まれているのだと思った。彼らの関係は多少歪と言えるが、相手が割り切っているだけに、快楽に集中できるというものだ。

「んああっ、ダメよ。あたしもうイキそう」

不意に冴子が絶頂間近なことを知らせてくる。

だが、盛り上がっているのは守も同じだった。

「僕も……っく。出ちゃいそうです」

「そのままイッて。あたしも——イイイイーッ」

ひと際高くいななくと、冴子は激しく腰を動かし出した。

これまでにも増した愉悦が守を襲う。

「くはあっ……さ、冴子さん。僕、もう限界かも——」

「ああっ、んんっ、イイッ、イイッ、イッちゃうぅ」

フィニッシュに向けてラストスパートがかかる。守も下から突き上げたが、冴子との息はピッタリ合っていた。五年の愛人関係は伊達ではない。

「イクッ、イクッ……んあああーっ！」

わずかな差で冴子が先に到達する。

だが、守もすぐ後に続いた。

「うはあっ、で、出るっ！」

「あああっ……」

たっぷりの白濁液が蜜壺に注ぎ込まれた。冴子は腰振りを徐々に収めながら、絶頂の余韻に浸るように大きく息を吐いた。

「ふうぅ……」

かたや守も最後の一滴を絞り出すと、満足げに脱力していった。

二人はしばらくそのまま重なっていたが、やがて冴子が起き上がり、慎重に刀から鞘を抜いていく。

「んふうっ」

「ううっ」

肉棒が抜け落ちた途端、花弁から白濁がこぼれ落ちた。その欲望の跡は冴子の太腿の内側を伝い、守の下腹部にもドロリと垂れた。

「やだ、車が汚れちゃう」

「あ、僕が取ります」

守が起き上がってグローブボックスからティッシュを取り出す。そして互いの汚れを拭き取り服を着直すと、それぞれの座席に戻った。

こうした交わりも格別珍しいことではなかった。欲望が昂ぶり、互いを求める。ごく自然なことにも思えるが、問題は二人が上司と部下であり、しかも冴子は人妻だということだ。

「冴子さん」

不意に守が呼びかける。

「ん？」

冴子は答えるが、まだ絶頂が尾を引いているのか、ボンヤリとフロントガラスから外を眺めたままである。

その方が守も話しやすかった。

「大人の女性っていうのは、その……年下の男を恋愛対象とは見ないものですか？」

「どうしたの、突然。好きな人でもできた？」

「あ、いえ。そういうわけじゃ――」

本来なら、たった今交わったばかりの相手に問うようなことではない。しかし、冴子との関係は特殊だった。守も彼女だからこそ言えるのだ。

「――ちょっと訊いてみたかっただけですから」

彼が考えているのは、もちろん静香のことだった。だが、さすがにそこまで明かすのは気が引けてしまい、話は尻切れトンボに終わりそうになる。

ところが、ややあってから冴子は何か思いついたように言い出した。

「あのね、守。わかってると思うけど、あたしとの関係はあくまでイレギュラーなものなの。決して普通じゃないわ」

「ええ。わかっているつもりです」

「最初がアレだったから――まあ、あたしが悪いんだけど、守にとってはこれがスタンダードだと思っちゃっても仕方がないけど」

気付くと冴子は彼を真っ直ぐ見つめていた。

「年上とか年下とかじゃなく、潜在的に女は男に押し倒されたいと思っているものよ。あなたも男なら、いつか自分から女に迫れるくらいにならないとね」

「はい。変なことを訊いてすみません」

「いいのよ。さ、会社に戻りましょうか」

会社に戻る道すがら、あまり会話はなかった。冴子も黙り込む守を見て、そっとしておいてくれた。

（静香さん――）

このとき彼は覚悟を決めたのだ。そしてその日の夕方、守は緊張に震える手で、静香の携帯に「二人で会って話がしたい」とメッセージを送ったのだった。

次の週末、守は静香と公園で待ち合わせることになった。この日、静香は学生時代の友人と会う予定があり、その後で会うことにしたのだった。

約束の時間は夕方五時だった。先に着いた守は行き交う人々を眺めながら、緊張に胸を高鳴らせていた。

「ごめんなさい。待たせてしまったかしら」

五時を少し過ぎた頃、静香は現れた。普段とは違う雰囲気をまとう彼女に、思わず守は目を見開く。静香は髪を美容院でセットし、服装も見たことのない華やかなワンピースを着ていた。

「いえ、全然。俺もさっき着いたところなので」

守は声が上擦ってしまう。頻繁に顔を合わせているはずなのに、いや合わせているからこそ、今日の静香はいつもと別人のように思える。

先日、彼が「会いたい」とメッセージを送ったときには、具体的な理由は告げていなかった。それでも静香は応じてくれたのだ。会うのは守が酔っ払って狼藉を働きかけて以来だった。きっと彼女も何か感じとっているのだろう。

「今日のおばさん、綺麗ですね。いつもとは別の人みたい」

切り出す言葉に困った守は、冴子の教えを思い出して歯の浮くようなことを言う。

　すると、静香もまごつく様子を見せた。

「いやねえ、そんな他人行儀なこと言って――。久しぶりにお出かけするものだから、少し張り切りすぎてしまったかしら」

　恥ずかしさを誤魔化すため、冗談に紛らわせようとしたのだろう。だが、その試みはうまくいかなかった。二人の間には、妙な距離感があった。

「とりあえず座ろうよ。あそこにベンチがあるし」

「そうね」

　都心に近い公園は、多くの人で賑わっていた。彼らは連れだって歩き、一番近くにあるベンチに並んで腰を下ろす。

（静香さん、良い匂いがする）

　彼らの微妙な関係を表わすように、二人の間には拳二個ほどの距離が開いていた。それでも人妻の発する甘い香りは、守の鼻孔を切なくくすぐる。

「ねえ、守くん」

「うん」

「悪いんだけど、あまり時間がないの。夕飯までには帰らなきゃいけないから」

「うん。だよね」

守にもわかっている。静香は一家の家事を支える主婦なのだ。用件があるなら早く済ませたいということだろう。

しかし、やはりそう簡単には切り出せない。彼女は友人の母親であり、その夫とも昔から懇意にしている間柄である。自分の気持ちをそのまま明かせば、勇人との友情にもヒビが入りかねない。

「もうすぐ秋ね」

沈黙の気まずさを埋めるためか、静香は当たり障りのないことを言う。だが、手元を見ると、落ち着かなそうにハンドバッグの持ち手を弄っていた。

「少し歩こうよ」

「そうね」

結局きっかけをつかめず、二人はベンチから立ち上がり、園内を歩き始める。

週末の夕方ということもあって、園内は賑わっていた。場所柄、他地方からの観光客と思われるグループも多く、どこか祭のような浮き足だった雰囲気が漂う。

守と静香は黙って歩いた。人混みではぐれないよう、寄り添って歩かざるを得なかったが、二人の間には触れれば弾(はじ)けてしまいそうな緊張感があった。

しかし、ある地点に差しかかったところで守の足がピタリと止まる。

「おばさん、あれ──」

「え……？」

考え込んでいた静香も呼びかけられ、ハッとしたように足を止めた。

守が指していたのは、ベンチに座るカップルだった。男女とも二十代半ばくらいだろうか。額を寄せ合うようにして語らう様子で、明らかに距離が近い。

「やだ……」

静香が思わず呟いたのは、ミニスカートを穿いた女の脚が、男の太腿の上に乗っかっていたからだ。

「すごいな」

「こんな人前で──信じられないわ」

二人は口々に言うが、その割にカップルから目が離せないでいる。

やがてカップルはキスをし出した。それもフレンチキスではなく、ねっとりと舌を絡ませ合っているのだ。それればかりではない。よく見れば、男の手が彼女の太腿辺りをいやらしく擦っているではないか。

公衆の面前で公然と愛撫し合う男と女。都会ではさほど珍しい光景でもないが、このときの守と静香にはあまりに刺激的な場面だった。

「…………」

「…………」

お互いに先日の夜のことを意識してしまい、二人は黙りがちになる。そのまま散策を続けていたが、守がふと口を開いた。

「その、おばさん――この間の夜は、ごめんなさい」

守の謝罪を聞いて、静香は顔を赤らめたが、すぐに首を振った。

「いいのよ。守くん、酔っていたんだし……。もう忘れましょう」

彼女はそう言うと目を伏せる。憂いを帯びた人妻の横顔は美しかった。このとき守の中で何かが弾けた。

「嫌だ。俺は忘れたくないよ」

「守くん――」

「行こう」

守は言うと静香の手を取り、先立って歩き出した。

慌てて静香はついていく。

「ちょっと――守くん、どこへ行くの」

「二人きりで、ゆっくり話せるところへ行きたいんだ」

イチャつくカップルに刺激され、守は頭に血が昇っていた。とっさに静香の名を呼んだのも、そうした興奮状態でなければあり得なかったことだろう。

対して、静香はとまどっていた。こんな強引な彼を見たことがないからだ。

「ねえ、待ってちょうだい。そんなに急いで――あっ」

踵(かかと)の高い靴を履いていた彼女は、公園出口の段差で躓(つまず)きそうになる。

これに守もふと我に返った。足を止め、バランスを崩した静香を支えようとする。

「ごめん。大丈夫？」

「ええ。でも、危なかったわ。もう少しゆっくり歩いてくれる」

「うん」

そして二人は再び歩を進め始めた。先導する守は大通りを渡り、駅とは反対方向へ人妻を連れて行く。

やがて入り込んだ路地には、煌々(こうこう)とネオン輝くラブホテルが建ち並んでいた。

すると、静香がまた彼の手を引きとどまろうとする。

「いけないわ。こんな所――」

彼女にもわかっていたはずだ。最初に守が、「二人きりで話せるところ」と言ったとき、すでに大人の女性ならどこへ行こうとしているのか気付いたはずだった。

だが、やはり実際に禍々しいネオンを目にし、ふと理性が働いたのだろう。

「守くん、わたしたちそんな関係じゃないでしょ」

普段の守なら、ここで謝罪しすぐに諦めていただろう。しかし、今日の彼は違った。

「だったら……、そんな関係になろう」

「バカ言わないで」

「俺、静香さんが好きなんだ。ずっと前からそうだった」

守の目は真っ直ぐに静香を見つめていた。半ば意識的にであるが、これまで募らせてきた思いをようやく口にできたのだ。

それに対し、静香はしばらく黙っていた。手は繋いだままだった。俯き考え込む様子だったが、やがて重い口を開いた。

「でもわたし――守くんとこんなこと」

「お願いだよ。一度でいい。俺、静香さんが欲しいんだ」

守は思い切って言い、返事を待つが彼女は俯いたままだった。だが、拒否しようと思えばできたはずである。

「行こう」

「……ええ」

最終的には静香が折れた。彼の情熱と強引さに負けた形だった。

それから二人は一軒のラブホテルに入った。もちろん選ぶ余裕などなく、適当に目にとまった場所に決めただけだった。

「本当に時間がないから、一時間だけね」

エレベーター前で静香は念を押すように言った。だが、それは自分自身に対する言い訳のようでもあった。いつしか繋いだ手は離れていた。


個室は最初から薄暗く調光されていた。守が先にたって入る。

「何か飲む？」

冴子との愛人関係でラブホテルには慣れている。気まずさを誤魔化すため彼は冷蔵庫に向かおうとするが、後から入ってきた静香はそれを断った。

「いいえ。何も欲しくないわ」

「そっか」

振り向くと、静香はまだ部屋のとば口で佇んでいた。桐谷家の明るい照明で見るのと違い、妙になまめかしく感じる。

(こういうときは、男がリードしなきゃいけないんだ)

守は冴子の教えを思い出していた。しかし、冴子以外の女を知らない彼はどう振る舞っていいかわからない。本能の導きに従うよりほかなかった。

「やっぱり、わたし帰るわ」

ふときびすを返そうとする静香の姿に、守の熱情が燃え盛る。彼は足早に近づき、愛しい人の背中を抱きすくめた。

「静香さん」

「守くん……」

静香は抗わなかった。ずっと子供だと思っていた息子の友人が、意外に逞しい腕をしているのに気付いて身動きできないようだった。

守はたまらず彼女の髪に鼻を埋めた。

「ずっとこんな風にしたいと思ってた。ずっと前から」

「ああ、わたしどうしたらいいの」

「俺のこと、嫌い？」

思いが伝わらないもどかしさに、守の声は震える。

すると、静香はハッとしたように声をあげた。

「そんなわけないじゃない。あなたのことは——わたしも好きよ。けれども、それとこれとは……」

「静香さんっ」

嫌われているわけではないと知り、守は彼女を抱きすくめたまま、一緒にベッドへと倒れ込んだ。

「ああっ……」

力なく静香は横たわる。守は身体を入れ替え、仰向(あおむ)けになった人妻の唇を強引に奪った。

「好きだ。静香さんが好きだ」

「守……くん」

静香の唇は柔らかく、甘い香りがした。しかし、興奮に逸(はや)る守はじっくり味わう余裕もなく、溢れる想いのままに顔中にキスの雨を降らせた。

「ん……ああ……」

静香のおでこ、眉、まぶた、鼻と、ところ構わず唇を押しつけた。このときをずっと夢見ていたのだ。守は愛しい人の匂いを嗅ぎながら、彼女の顔に溢れる想いを刻印していく。

「ふうっ、ふうっ」

「守くん、ダメよ……」

ここに至り、まだ葛藤を口にする静香だが、その声は力ない。

かたや守はリビドーに突き動かされていた。キスはやがて首筋へと移り、それと同時に服の上から胸の膨らみを揉みしだき始めた。

静香が身悶える。

「いけないわ。ねえ、守くん——」

だが、それくらいで欲情した守は止まらない。

「静香さんが好きだ」

とりつかれたように同じ言葉を繰り返し、ついには胸の谷間に顔を埋めた。

「静香さんの匂い。とっても良い匂いがする」

「ああ、ダメ。わたし——」

「静香さんの全てが見たい」

彼は言うと顔を上げ、ワンピースの前ボタンを外していく。

もはや静香も抗う術はないと覚ったらしい。ブラジャーを着けた柔肌を晒(さら)しつつも、その表情には決意の色が窺(うかが)われた。

「ちゃんとキスして」

一瞬、守は聞き違えかと思った。だが静香を見ると、彼女は緊張の面持ちながらも、目をウットリ閉じて唇を突き出している。まるでウブな少女のようだった。

「静香さん――」

彼は言い、人妻のぷるんとした唇に自分の唇を重ねる。

静香の肩がビクンと震えた。

「ん……」

花のような甘い香りがした。ずっと求めていたものを、ついに我が物とできた歓びに、守は胸がいっぱいになる。

「好きだ」

「わたしもよ」

確かめ合う言葉が、男女のわだかまりを溶かしていく。やがてどちらからともなく舌が伸ばされ、相手の口中へと差し込まれた。

「んふうっ……レロッ」

「ちゅるっ、ふぁう……」

二人とも無我夢中だった。互いの唾液を貪り合い、舌が絡まり舞い踊る。

「ああ、静香さん――」

守は興奮に我を忘れ、人妻の口中をまさぐった。温かく柔らかい身体を抱きしめ、愛しい人の味と匂いを脳裏に刻みつけようとした。

ともあれ頑(かたく)なだった静香がようやくガードを下げたのだ。後は思いの全てをぶつけるだけである。

「服、脱がせるよ」

「ええ」

もはや静香も逆らわなかった。ぐたりと横たわった身体は緊張を緩(ゆる)め、男の愛撫を受け入れる覚悟を決めたようだ。

起き上がった守は慎重な手つきでブラウスのボタンを外していく。

「背中、上げてくれる？」

「ん」

「今度はお尻」

そうして服を足から抜くと、人妻は下着姿になっていた。

「わたしだけ脱ぐの、恥ずかしいわ」

ここに至っても、静香は恥じらいを捨てきれないようだった。なおも胸を腕で隠すようにしつつ、彼にも同等の行為を求めるのだ。

（なんてかわいい人なんだ）

守は感動していた。静香はベッドでも静香だった。思い描いていた事の成就に興奮はいやが上にも増していく。

「わかったよ」

彼は答えるとシャツを脱ぎ、ズボンをパンツごと取り去った。

「これでいい？」

「イヤッ……」

ところが、静香は勃起物を目にした途端、声をあげて手で目を覆ってしまう。

どこまで純真な女性なのだろう。男の逸物など、少なくとも夫の物で見慣れているはずなのに、彼女は乙女のような恥じらいを見せた。

だが一方、その肉体は成熟しきった女のそれだった。肩から二の腕にかけてのなだらかな曲線といい、くびれを残しつつも柔らかく張り出した腰のラインといい、いずれも若い女には出せない色香が漂っていた。

守はたまらず静香の臍（へそ）に吸いついた。

「静香さんっ」

「あ……」

静香が小さく声をあげる。

「ああ、良い匂い。かわいいよ」

年の差も忘れ、守は恋人にするような甘い囁きとともに、人妻の温かい下腹部に舌を這わせる。

「ハアッ、ハアッ」

「ああ、守くん……」

そうして彼は徐々に上を目指し、彼女の背中に腕を回してブラのホックを外す。

「ああ……」

諦念(ていねん)とも思われる声をあげたのは静香だった。

露わとなった二つの膨らみ。彼女は着痩せするタイプらしく、乳房は自らの重みに耐えかねて、息苦しそうなほどだった。

そして、その先端には愛らしい突起があった。

「静香さんっ」

守は熟した果実を両手でもぎとりながら、片方の尖りに吸いついた。

「ぴちゅるっ、ちゅぱっ」

「はううっ……あんっ、ダメ」

途端に静香はビクンと震える。顎を反らし、胸元にある守の頭を押し返すような仕草をするが、本気で止めさせようとしているわけではないのはわかる。

すでに乳首は勃起していた。その甘い種を守は舌で転がした。

「ふうっ、ふうっ」

「ああ、そんな。守くん、いやらしい」

「静香さんが好きなんだ。あの夜も、こうしたいと思ってた」

彼が言うのは、酔っ払って彼女を押し倒しかけた夜のことである。

もちろんそれは静香にもわかっていた。

「あの日——ああ、あの時からわたしも守くんのことが気になって、自分でもどうしたらいいかわからなくなったの」

「それじゃ、静香さんも……」

「わたしは悪い妻だわ。いけないこととわかっているのに」

しかし、静香の懺悔(ざんげ)は守を喜ばせた。では、彼女も彼を男として意識していたのだ。

そのせいで罪悪感に苦しんでいたのだ。彼とて愛する人を苦しめたくはないが、それよりも互いの思いが繋がっていたことがうれしかった。

「ちゅばっ、レロッ」

守は乳首を吸いながら、右手を彼女の下腹部へと伸ばす。手はパンティーの中へと侵入し、柔らかな草むらを抜けて、湿ったスリットへと至る。

「んあぁっ、イヤァ」

彼の手が秘部に触れた途端、静香は悩ましい声をあげた。本能的に身を捩るようにして、快楽から逃れようとした。

「静香さんのここ、濡れてる」

「ああん、だってぇ……」

「すごい。グチョグチョだ」

「んふうっ。守くんのバカぁ」

言葉で責めると、静香はこれまで聞いたことのないような甘い声で答えた。十八歳の年の差も、悦楽の前では関係なかった。

守は指先で花弁を弄り、媚肉を掻き回す。

「静香さん、気持ちいい？」

「ん……あふうっ、ダメ」

「感じている静香さん、すごくかわいいよ」

「大人をからかうものじゃ――あっふう」

どうやら静香は感じやすい体質のようだ。あるいは、彼女もこの禁じられた関係に劣情を催しているのか。

媚肉は熱く滾(たぎ)っていた。守は乳房から顔を上げて言う。

「静香さんのオマ×コが見たい」

露骨な言葉に静香の返事はない。だが、無言は否定を意味するものでもなかった。

「んんっ、あっ」

「ハアッ、ハアッ」

守は息を荒らげながら、人妻のパンティーに手をかける。ついに恋い焦がれていたものが白日の下に晒されるのだ。彼は興奮に逸りつつも両手で慎重に、まるで壊れ物を扱(あつか)うようにして最後の覆いを引き剝がしていく。

「ああ……」

すると、静香は長々とため息をついた。これでもう後戻りはできない。

下腹部に生えた恥毛は薄く、毛先が濡れて束になっていた。

守は彼女の太腿を開かせ、その間に割って入る。

「これが、静香さんの――」

感動に胸が打ち震えるようだった。少年時代から憧れた女性の秘密がついに明かされたのだ。卑猥な光景に目も眩むようだった。

同じ思いは静香にもあっただろう。

「守くんに見られて——恥ずかしいわ」

羞恥に居ても立ってもいられないとでもいうように、彼女は脚を閉じようとした。

しかし間に守がいるため、その試みは失敗する。

身を伏せた守は愛しい人の恥臭を嗅ぐ。

「いやらしい静香さんの匂い」

「守くんったらそんな……」

「いつまでも嗅いでいたいよ」

「イヤッ……お風呂に入っていないし、汚いわ」

言葉責めに静香は恥じらい、身を捩って逃げようとする。

媚肉の香りは複雑だった。本人が言うとおり、そこは一日活動した様々な匂いが入り混じっていた。表面にはボディソープの清潔な匂いがするものの、溢れる牝汁がもっと獣じみた芳香を放っている。

「静香さんっ」

守はたまらず割れ目に顔を突っ込んだ。

「ぴちゅるるっ、じゅるっ」

「あひぃっ……ダメぇ」

彼が音を立ててしゃぶりつくと、静香は嬌声を上げた。自ずと尻が持ち上がり、力んだ太腿の筋肉が張り詰める。

だが、それは守をより欲情させるだけだった。

「静香さんの、オマ×コ――美味しい」

ビラビラを舌で弾き、溢れるジュースで渇いた喉を潤した。ふっくらした大陰唇もいやらしく、彼は無我夢中で舐め啜った。

「あふうっ、んっ……ダメよ」

静香は抗うように首を振る。手はシーツをわしづかみにし、必死に押し流されまいとしているようだ。

「ちゅぱっ。ずっとこうしていたい」

「んああっ、守くん――」

だが、彼女の抵抗も長くは続かなかった。

「んあっ、イイッ……」

喘ぎ声にも変化は現れているようだった。

やがて守は尖った牝芯に舌を這わせた。

「レロッ……ちゅぱっ、ちゅううう」

冴子仕込みの舌使いで尖りを愛でる。人妻のクリトリスは小豆大で、包皮がめくれていた。彼は静香を悦ばせたい一心で、持てる全てを注ぎ込んだ。

「あっ、あああっ、ダメよそこは……」

「ここがいいんだ。ああ、静香さんエッチだ」

「あううっ、んっ……はひぃっ」

静香は喘ぐと、力一杯太腿を締めつけてきた。挟まれた守のこめかみが痛くなるほどだった。だが、彼にとっては幸せな苦痛だった。

「レロレロッ、ちゅぱっ、みちゅっ」

「あんっ、あっ、ダメ……ああ、わたし――」

「ずっと舐めたかった。静香さんのオマ×コ」

「もうダメ――んあああっ、欲しいの。挿れて」

快楽に堪えかねた静香は、ついに自らの欲望を口にした。

守は一瞬耳を疑うが、彼女が感じているらしいのは間違いない。

「いいの？　俺も、もう辛抱できないよ」

「ええ。きて……」

諦めにも似た口調だった。しかし守からすれば、これほど耳に心地よく響く言葉はなかった。

「静香さん」

股間から顔を上げた守は、彼女に覆い被さった。肉棒はとっくに痛いほど勃起している。

すると、静香も閉じていた目を開き、彼を見上げた。

「わたしを抱いて」

「静香さぁんっ」

守は呼びかけると、硬直を花弁に押し込んだ。

「あふうっ、入ってきた――」

「ううっ、あったかい」

ぬめる蜜壺は熱を帯び、太竿をしんねりと包み込んだ。

「ああ、静香さん」

根元まで挿入した守はウットリとする。とうとう静香と繋がったのだ。夢が叶った瞬間だった。

一方、静香も蕩けた表情で充溢感を味わっているようだ。

「守くん――キスして」

彼女は言うと、諸手を差し伸べてきた。

人妻からの求めに守は奮い立つ。

「静香さん、好きだっ」

「わたしも、守くんが好き」

愛を確かめ合うなり、ねっとりと舌が絡み合う。今度は静香も積極的だった。まるで理性のたがが外れたかのごとく、彼の顔を両手で挟み、夢中で舌を踊らせるのだった。

「んんっ、ちゅばっ。守くん……レロッ」

「ふぁう……かわいい、静香……」

そうして唾液を貪り合いながら、まもなく守は抽送を繰り出し始める。

「むふうっ、ふうっ」

「んあっ……ちゅばっ、んんっ」

貫かれる静香の息も上がっていく。やがて息苦しさに耐えきれなくなり、キスを解いて大きく喘ぎだした。

「ああん、あっ、守……くんっ」

「ハアッ、ハアッ。おうっ、静香さん」

守は上半身を起こし、本格的に腰を振り始める。結合部はぬちゃくちゃと湿った音を立て、男女の激しい息遣いが同じリズムで重なった。

「ハアッ、ハアッ、ハアッ、ハアッ」

「あんっ、あっ、あふうっ、んっ」

喘ぐ静香は眉根を寄せて身悶える。その悩ましい表情は、これまで守が見たことのないものだった。普段の彼女は貞淑な妻であり、やさしい母親だった。

「ああん、イイッ。あふうっ」

だが、彼女も一人の女だった。その魅力は守にとっては先刻承知のはずだったが、想像するのと実際目(ま)の当たりにするのでは天地の開きがある。

「ハアッ、ハアッ、ううっ、静香さんっ」

「んっふ、はううっ、ああっ、ダメぇ」

「静香さん、ああ……」

守は懸命に腰を振った。しかし、募りに募った思いが実った歓びはあまりに強く、あっという間に昇天してしまいそうになる。

ところが、静香もやはり感じていた。

「はひぃっ、ダメ……わたしもう——んあぁーっ」

突然大きく喘いだかと思うと、思いきり背中を反らして悶えた。うなじはほんのり桜色に染まり、悦楽に顔を歪めている。

「守くん、ねえわたし——ああっ、イッちゃう」

そして絶頂が近いことを口にしたのだ。守は頭をガンと殴られたような衝動を覚えた。

「静香さんっ、俺もイクよ」

「きて。一緒にイッて」

「うおおおっ」

守は奮い立ち、猛然と腰を突き入れた。

「ハアッ、ハアッ、ハアッ、ハアッ」

「ああん、あっ、イイッ、イイイイーッ」

「ううっ、ダメだ。もう——」

媚肉は太茎を締めつけた。守は陰嚢から熱いものがこみ上げてくるのを感じた。

一方の静香も頂点を目指していた。

「んああっ、イクッ……イッちゃう、ダメえええっ」

「あああっ、静香さぁん」

猛然と腰を突き動かし、ラストスパートをかける。

だが、もう射精するという直前になって、突然静香が言ったのだ。

「お願い……外に、外に出してっ」

人妻として、最後の一線を守ろうとしたのだろう。守としてはこのまま中に出したかったが、愛する人の頼みを無視することはできなかった。

「あっひ……イクううっ！」

ひと足先に静香が絶頂する。その反動で蜜壺は締まり、肉棒も限界を迎えた。

守は何とかギリギリでペニスを抜き、人妻の下腹部に白濁をブチ撒けた。

「うはあっ……っく。出るっ！」

「ああ、守くん──」

「ハアッ、ハアッ、ハアッ、ハアッ」

守が律動するたび、白い熱液が母のような女の柔肌を汚してゆく。

頭の中まで煮えたぎらせ、守は汚れていない肌へと白濁を浴びせ続けた。

すべては終わった。静香は息を喘がせながら、ぐったりとベッドに身体を投げ出していた。白濁が下腹に水溜まりを作り、恥毛を濡らしていた。

それから二人は慌ただしくシャワーを浴び、予定通り小一時間ほどでラブホテルを後にした。

外はすっかり夜になっていた。帰り道ではそれぞれの思いに沈み、守も静香もあまり言葉を交わさなかった。

だが、駅に着くと静香が口を開いた。

「わたし、一本ずらして帰るわ。守くん、先に乗って」

「え。でも……」

「お願い。そうして欲しいの」

本来なら降りる駅も一緒だった。しかし、さすがに彼女も気まずいのだろう。守は自分の思いをグッと堪え、それを承諾する。

「わかった。だけど、静香さ──」

「おばさん、でしょ」

「う……」

「ねえ、守くん。今日のことは誰にも言わないでくれる?」

「うん、もちろん」

「それからね、もうこれきりにしたいの」

「え。だけど……」

「お願い。わたしも苦しいの」

静香の要求は、守にとっては受け入れがたいものだった。ようやく通じ合えたのに何故――苦渋に胸が掻き毟られるようだったが、彼は心から彼女を愛していた。愛する人を苦しめたくはない。

「……うん」

「ありがとう」

守が承諾したことで、気遣わしげだった静香の表情が緩んだ。これでよかったのだ。

すると、そこへ電車がホームに入ってきた。

「じゃあ、気をつけて帰ってね」

「おばさんも。またね」

再会を匂わせる言葉に静香は返事しなかった。やはりもうこれきりか――守が意気消沈して電車に乗ろうとしたとき、ふと静香が彼の手を引いた。

「今日はありがとう。久しぶりに女に戻れたわ」

彼女は言うと、彼の頬に軽いキスをしたのだ。

「お休みなさい」

「お休み」

守は電車に乗った。落ち込みかけていたが、最後のキスに希望の光が灯ったようだった。彼は幸せだった。

第三章　燃え上がる二人

ついに静香と結ばれ、守の思いは満たされた。だが、現実は甘くない。あの日以来、彼女と連絡が取れなくなってしまったのだ。

（どうしちゃったのかな――）

別れ際、たしかに彼女は、「もうこれきりにしよう」と言った。それでもまさか、何も答えてくれなくなるとは思わなかったのだ。ＳＮＳでメッセージを送っても、既読にはなるものの、いっこうに返事がない。守の心は重かった。

その影響は、仕事にも現れていた。

「なんでもう一度工場に確認しなかったのよ」

職場で冴子に叱責を受ける守。彼の発注ミスで複数の店舗に迷惑をかけてしまったのだ。

「すみません。ついうっかり――」

「うっかりじゃ済まないでしょ。今までこんなことなかったじゃない。一体どうしたって言うのよ」

「はい……。気をつけます」

「頼むわよ」

精彩を欠く守は、これだけでなく度々ミスを犯した。上司の冴子も、最初のうちは厳しく叱ったものの、度重なる失態にしまいには呆れてしまうのだった。

（このままじゃいけない）

彼は自分でもわかっていた。心ここにあらずなのは、静香への思いが断ちきれないからだ。いずれ決着を付けなければ、社会人としてもやっていけそうにない。

そこである日の夕方、守は仕事を早めに切り上げると、直接桐谷家へと向かった。一度体を重ねたというだけでは満たされるはずもない。もう一度会いたい。静香を困らせたくはないが、溢れる想いに自ずと足が向いたのだった。

だが、さすがにいきなり訪ねるのはためらわれる。可能性は低いものの、庄司や勇人が在宅しているかもしれない。

そこで守は静香の携帯に、「もう一度会いたくて、家の前まで来ている」とメッセージを送ったのだ。

返信を待つ時間は永遠に思われた。夕刻の閑静な住宅街では、各家から夕飯の支度をするかすかな物音が聞こえ、美味しそうな匂いが漂ってくる。

このまま返信は来ないかもしれない――守が諦めかけた頃、ようやく静香からのメッセージが来た。

メッセージには、「うちではマズイから、守くんのアパートへ行く」と書かれていた。静香は特に理由を記していなかったが、まさか突然訪ねてきて怒っているのだろうか。

それでも、反応があって彼女に会えるのがうれしかった。守は胸躍らせながら、「家で待ってる」と返信した。

自宅アパートに帰った守は、まんじりともせず待っていた。本当に来てくれるだろうか。部屋着に着替え、静香と過ごした夜を思い返しながら、彼はテレビも点けずに今か今かと待ちあぐねていた。

すると、アパートのインターホンが鳴る。

守は勇んで立つものの、半分は怒られることを覚悟していた。自分が強引で身勝手な行動をしたことはわかっているからだ。

「はい――」

　ドアを開けると、やはり静香だった。デートした日とは違い、彼女は普段着で買い物袋を提げていた。顔もメイクをうっすら施しただけ。夕方のこんな時間に、一家の主婦がことさらに着飾って外出すれば、近所の好奇の目を誘いかねないからだろう。「ちょっと買い忘れたものがある」、そんな風を装(よそお)ったに違いない。それでも彼女は美しかった。

「おば——静香さん……」

　守は感動のあまり言葉が出ない。

　一方、静香も玄関先に立ち尽くしたままだった。目を伏せがちにし、かける言葉を探しているようだった。

「と、とにかく上がってよ」

　ぎこちなく守が言うと、静香も意を決したように室内へ上がる。急いで出てきたらしく、履き物も突っかけサンダルだった。

　玄関を上がって、バス、トイレへつながるドアのある短い廊下を二人は進む。

　守の部屋は1LDKで、廊下の先はリビングに隣接した小さなチッキンになっている。そこに入ると、守は振り返って口を開いた。

「ごめん。いきなり訪ねていったりして」

「守くん――」

守が謝るのとほぼ同時に、静香がようやく口を開いた。

次の瞬間に起こったことは、守の予想外だった。静香が思い余ったように、彼の胸に飛び込んできたのだ。

「し、静香さん……!?」

守は驚きながらも愛しい体を抱き留める。

静香はしがみついて言った。

「こんなオバサンのどこがいいって言うの」

「オバサンなもんか。静香さんは、きれいだ」

「バカね。本当に――」

彼女はか細い声で、彼をなじるとも自分に言い聞かせるともとれるように呟いた。

その肩は小さく震えていた。

きっと静香も苦しんでいたのだ。守は理解すると、彼女が一層愛おしく感じられた。

彼は思いを伝えるように、静香のうなじに顔を埋めた。

「静香さんが、好きなんだ」

胸一杯に人妻の体臭を嗅ぎ、首筋にキスをする。同時に右手はスカートの尻を撫でていた。

「ああ、こんなことをしてはいけないのに」

静香は胸の葛藤を訴えながらも、彼の愛撫に身を委ねる。

やがて守は舌を伸ばし、うなじから耳の裏側へと這わせていく。

「ハアッ、ハアッ」

「んんっ……」

「会いたかった。会いたくて、会いたくてたまらなかった」

言葉にするだけでは物足りなかった。静香を自分だけのものにしたい。抑圧されていた劣情が、受動的だった青年を一匹の牡に変える。

「しゃがんで」

「え……？」

守の妙に目の据わった表情を見て、静香は戸惑いと怯えの色を見せた。

だが、それしきのことで彼の欲情は止まらない。力ずくで人妻を座らせると、おもむろに下半身を脱いだ。

肉棒は青筋を立て、毒々しいまでに勃起している。

「守……くん!?」

見上げる静香の表情は、多くのことを問いかけていた。

守はその頭を手で引き寄せ、剛直を彼女の顔に押し付けた。

「静香さん、俺のことが好きなら咥えてくれ」

あまりに唐突で大胆なお願いに、静香はたじろぐ様子を見せる。

だが、守の態度は揺るぎなかった。肉茎を怒らせ、鈴割れからは早くも先走り汁を溢れさせている。

「わたし……その……」

静香は曖昧な反応を見せた。ここへ来た理由を自分でも決めかねている感じだった。

だが、青筋だった怒張を目の当たりにすると、胸のつっかえが外れたのか、ふと緊張が解けたかのごとく口を開く。

「静香さん」

守が呼びかけると、人妻は魅入られたように肉棒に顔を寄せていく。

「わたしで——こんなに大きくなってくれたのね」

「うん。これが俺の気持ちだから」

「かわいい守くん」

そして静香は、恐る恐るといった感じで亀頭に舌を這わせた。

途端に守は愉悦に襲われる。

「はううっ……」

「ん。少し塩っぱいわ」

「ごめん。汗かいちゃったから」

「ううん、いいの。守くんの匂いがするもの」

彼女は言うと、太茎を根元まで咥えしゃぶった。

「ううっ……静香さん」

仁王立ちの守は思わず天を仰ぐ。見下ろすと、股間に静香が顔を埋めていた。こんな場面を何度夢見たことだろう。

やがて静香はゆっくりと頭を前後させ始める。

「んっ……じゅるっ、んふうっ」

「ハアッ、ハアッ……おうっ、静香――さん」

「守くんの――こんなに硬くなって」

「俺のチ×ポを静香さんが……くはあっ」

静香のフェラは単純で、冴子のような絶妙な舌使いは見られなかった。もとより貞淑な人妻なのだ。その舌技は稚拙ではあったが、気持ちがこもっていた。

「じゅっぷ、んふうっ……守くん、気持ちいい？」

「う、うん。とっても気持ち——うはあっ」

人妻は膝を立て、懸命にしゃぶりながら、時折上目遣いで反応を窺うように見上げてきた。

「こんなことするつもりじゃなかったのに……」

そう言いながらも、しゃぶるにつれ彼女の目つきもトロンとなっていく。

静香の即尺に守は天にも昇る気持ちだった。

「うあぁ……たまらないよ」

すると、どうだろう。やがて静香も当初のためらいを捨て、ストロークを激しくしていった。

「んっふ、じゅるっ、じゅるるるるっ」

「ハアッ、ハアッ、ううっ……そんなに激しく」

「ああ、どうしましょう。わたし、おかしくなってしまう」

「おかしくなんか……ぐふうっ、しっ、静香さんっ」

たまらず守は彼女の頭を両手で押さえ、腰を突き入れるようにした。

「はううっ」

「――んぐっ。んっ、じゅぱっ、じゅるるっ」

　すると静香は一瞬喉を詰まらせたが、嫌がる素振りは見せなかった。むしろさらに手で陰嚢をまさぐり愛撫し始めたのだ。

「ううっ、エロいよ静香さん」

「んっふ、んふうっ。わたしも感じてきちゃった」

「本当？　うれしいよ。でも、このままだと俺――」

「ああん、口の中でオチ×チンがヒクヒクしてる」

　しまいに静香は淫語まで口に出すようになった。昔から知る心優しい友人の母とは別人のようだった。

「ううっ、静香さん。いやらしすぎて出ちゃいそうだよ」

　突き上げる快楽が守の全身を貫いていく。射精しそうだ。

　咥えながら静香も気付いたのだろう。ふとしゃぶるのを止め、蕩けた表情で彼を見上げた。

「まだダメ。わたしも欲しくなってきちゃった」

「静香さん――」

　守は気持ちよさに顔を上気させながら人妻を見つめる。

　すると静香は立ち上がり、守の手を取った。そのままリビングへと入ると、自ら長いスカートを脱ぎ始める。カーペット敷きのリビングに、脱ぎ落とされる服のかすかな音だけがしていた。

「わたしって悪い女ね」

「そんなことない。だって俺が――」

「ううん、守くんは悪くないわ。だってわたしの方が年上なんだし、本当ならこんなこと、止めさせなければいけない立場だもの」

「違う。俺が静香さんを好きになってしまったのがいけないんだ」

　守は必死に彼女を弁護しようとした。人妻ゆえ仕方のないことだが、静香に罪悪感など覚えて欲しくない。それに実際、一度きりにしようと言ったのは彼女の方なのだ。

　しかし、静香は言葉と裏腹にパンティーにも手をかける。

「こんな気持ちになったのは初めてよ」

「静香さん……」

　人妻の下半身が露わになった。ふっくらとした腰回りがいやらしい。すでに恥毛は濡れ、毛束を作っていた。

　逸る守も上を脱ぐ。一方の静香もまた一糸まとわぬ姿となり、潤んだ瞳で迫ってきた。

「今は、あなたの女でいさせて……」

「うん。好きだ、静香さん」

「わたしも好きよ、守くん」

彼女は言うと、肩に手を置き、体重をかけてきた。

守も流れに逆らうことなく、押し倒されるままにした。カーペットに背中をつけて仰向けになると、静香がその上に跨がってきた。

「守くんのこれ、わたしの中に挿れてもいい？」

肉棒を逆手にゆっくりと扱かれて、守は愉悦に陶然となる。

「うん。俺、もう我慢できないよ」

「わたしも――」

静香は言うと、手にした硬直を自ら花弁へと導いていく。

「あんっ……」

そしてゆっくり腰を沈め、媚肉に太竿をたぐり込む。

ぬるりとした感触とともに、ペニスは温かいものに包まれた。

「うはあっ、静香さんっ」

「んああ、入ってきた」

ラブホで結ばれて以来、あれほど彼を遠ざけようとしていた静香だが、会ってしまえば自分から上に乗っている。理性では抑（おさ）えきれない女の性（さが）が、貞淑なはずの人妻を淫靡（いんび）な牝に変えてしまうのだった。

「んふうっ」

根元まで咥え込んだ静香は大きく息をつく。

守も感無量だった。一時はもう二度と会えないとすら思っていたのだ。

「ああ、静香さんの中、あったかい」

「守くんも、熱くなっているわ」

上と下で見つめ合う二人。互いの熱い気持ちが交錯し、感情の高ぶりに合わせて快楽を求める。

「んああっ……」

静香が不意に尻を持ち上げた。すると、牝汁に濡れた太茎が現れ、引っ張られた花弁が巻き付いているのが見えた。

そして再び腰を落とす。

「あふうっ」

「ぬうっ」

ぬめりを帯びた肉襞(にくひだ)が太茎を包み、ずりゅっと音を立てたように感じられた。

それから徐々に腰のグラインドが重ねられていく。

「あっ、あんっ、あっふう」

「ハアッ、ハアッ。ううっ……」

ぬっちゃくっちゃと粘った音がし、淫らなリズムが時を刻んだ。

「ああっ、イイッ。んふうっ」

静香はうっとりと目を閉じて、充溢感に身を委ねる。尻を落とすたび、たわわな乳房がゆっさゆっさと揺れていた。

その快楽は守にも返ってくる。

「ぬあぁ、すごい。ヌルヌルだ」

「ああん、あんっ。守くんも、気持ちいい？」

「うん。静香さん、すごくエロい顔してる」

「イヤッ、言わないで。わたし――んああっ」

静香は息遣いも荒く、膝のクッションを使い、悦楽を貪る。悩ましい表情を浮かべ、女の悦びに全身全霊を打ち込んでいるようだった。

次第に守もたまらなくなり、彼女の腰を支えて下から突き上げ出した。

「ハアッ、ハアッ、うはあっ」

思わぬ反動に静香は呻く。

「はひぃっ……ダメ。んああっ、そんなに激しくしないで」

「止められないよ。気持ちよくて――」

「ああっ、んああっ、奥、当たっちゃうっ！」

不意に静香は身を反らす。しかし、その直後には前屈みになり、速く小刻みに尻だけを蠢かした。

「あっ、あんっ、あんっ、イイッ」

「ハアッ、ハアッ、ハアッ」

陰嚢から熱い塊が押し寄せてきた。守は足を踏ん張るようにして、アップテンポなリズムに合わせて突き上げる。

だが、昂ぶりは静香の方が上回っていた。

「あんっ、ああんっ、もうダメ……イク……」

「イッていいよ。ううっ、俺も」

「あっひ……イイッ。イクッ、イッちゃうううっ」

絶頂は唐突に訪れた。静香は歯を食いしばるようにして悦楽を貪り、恥骨を激しく打ち付けた。

「ぬうっ……」

一方、守も果てそうになるが、すんでのところで何とか堪える。ラブホでの時、彼女が中出しを嫌がったのをふと思い出したのだ。

「イイッ、イイイイーッ、んふうっ」

腹に力を込め、快楽のひと欠片まで味わい尽くす静香。ほんの一時といえども世間体など忘れ、彼女はこの瞬間の悦びに身も心も捧げているようだった。

そして全ての動きが止まる。

「ひいっ、ふうっ、ふうっ」

静香は力尽きたように彼の上から退いた。

かたや守も息遣いを整えつつ、愉悦の余韻に浸っている。

「ハアッ、ハアッ、ハアッ」

ふと脇を見れば、人妻がなまめかしい体を横たえている。白い柔肌に汗を滲ませ、ウットリとした表情を浮かべていた。

肉棒はいまだ硬直していた。射精していないのだから当然だ。これで二度、静香を抱いたことになるが、すっかり満足したわけではない。

（静香さんを自分だけのものにしたい）

抱けば抱くほど欲求は募るようだった。その欲求は、次第に「彼女の体内に精液を注ぎ込みたい」という欲望へと昇華されていく。

「静香さん――」

彼が呼びかけると、全裸の静香は大儀そうに面を上げた。

「ごめんね、私だけ気持ちよくなっちゃって」

「いいよ。ねえ、ベッドでしたい」

「ええ」

守の誘いに彼女は素直に応じた。

片時も離れたくなかった。守は力の抜けた静香の肩を抱くようにして、シングルベッドへと誘う。

「ふうっ……」

絶頂してリラックスしたのだろう。彼女は若い娘のようにベッドへどさりと身を投げ出すようにして横たわった。

その傍らに守も横になる。

「なんでずっと返信してくれなかったの？」

彼は言いながら、熟女の丸い肩を指で撫でる。

静香も彼を見つめていた。

「なんで、って……。わかるでしょう」

「まあ、ね。でも俺、静香さんに嫌われたのかと思っていた」

「そんなわけないいじゃない。わたしだって辛かったのよ」

「なら、どうして今日は来てくれたの」

その問いに静香はしばらく考え込むようだった。自分でもまだ整理がつかないのかもしれない。

ややあってようやく彼女は口を開いた。

「あんな風に家まで来られたら、無視し続けるわけにいかないいじゃない」

「やっぱり迷惑だった？」

「もう止めて。今こうしてここにいるのが答えじゃいけない？」

静香の目は潤んでいた。彼女も精一杯の決断をしたのだ。

守はそっと人妻の身体を抱き寄せた。

「好きだ」

「ええ。わかっているわ」

自ずと唇が吸い寄せられる。守は彼女の歯の間から舌を滑り込ませ、熱情のこもったキスをするとともに、手は柔らかな乳房を揉みほぐしていた。

口を塞がれた静香が息を漏らす。

「んふうっ。いやらしい触り方」

「静香さん──」

守はたわわな実りをまさぐりながら、うなじへと舌を這わせていく。

「あんっ、守くん」

「静香さんも触って」

彼は言い、勃起したままの肉棒へと彼女の手を導いた。

「硬い……。そうよね、守くんはまだ満足していなかったわね」

やさしく扱く人妻の手つきに亀頭は先走りを吐く。

守は耳元で囁いた。

「バックでしてみたいんだけど」

「え。恥ずかしいわ」

「お願い」

静香は少しためらうものの、最終的には彼の頼みを受け入れた。

「こう？　……こんなこと、今までしたことないのよ」

弁解しながら彼女はベッドでうつ伏せになる。そこから膝を立て、肘を突くポーズになるが、やはり恥ずかしいのか、顔を枕に埋めるようにした。

「後ろに回るね」

視界を失った彼女に守は告げる。実はこの展開こそ、欲求を満たすために彼が一計を案じたものだった。

目の前には四十路（よそじ）妻のたっぷりした尻があった。

「静香さんのお尻、とってもきれいだ」

「イヤッ。あんまり見ないで」

静香は恥ずかしがるが、自ら顔を伏せているため、こちらの様子はわからない。

守は身を屈め、濡れた割れ目に顔を近づけた。

「エッチで、いい匂い」

そうして牝汁の匂いを嗅ぎながら、舌を伸ばしてベロリと舐め上げた。

途端に静香の尻がビクンと震える。

「あふうっ、ん……」

「静香さんのオマ×コ――」

牝の匂いがリビドーを突き動かす。守はかぶりつくように媚肉を頬張った。

「びじゅるっ、じゅぱっ」

「んああっ、んっ、ダメ……」

「美味しい。いつまでもこうしていたいよ」

「あんっ、守くんのエッチ」

人妻は尻を突き出したポーズで身悶えた。絶頂したばかりとあって、感じやすくなっているようだ。

「ハアッ、ハアッ。ちゅばっ」

守は興奮に息を荒らげながら、夢中で生暖かいジュースを啜る。だが、彼の目的は別にあった。

「んあっ、あんっ、あふうっ」

「静香さんっ、じゅるるっ」

守の目線は、その上にあるアナルを見ていた。色のくすみもなく、きれいな放射皺がヒクついていた。

（静香さんのケツマ×コ――）

目的地に辿（たど）り着くため、その予備段階として、彼は指で牝芯を弄り始めた。

敏感な箇所を刺激された静香は喘ぐ。

「はひいっ、ダメ……感じちゃう」

「たくさん感じて。一緒にもっと気持ちよくなろう」

守は語りかけながら、徐々に舌を尻のあわいに這わせていく。

そしてついに舌が菊門に至ったとき、静香は腰が引けたようにビクンと震えた。

「んああっ、ダメえっ」

「ハアッ、ハアッ。ちゅるるっ」

だが、舐めるだけでは十分ではない。やがて守は舌を尖らせ、放射皺の中に突き入れた。

「あっふう……イヤッ、守くん、どこ舐めてるの」

さすがに彼女も気付いたようだ。だが、守は舌の抽送を止めない。

「あっ、んああっ。そ、そんなところ——汚いから」

「汚くなんかないよ。静香さんの全部がきれいだ」

実際、彼は汚いとは思わなかった。だが、羞恥に身を焦がす静香を思い、気を散らすため牝芯も弄り続けた。

「ああっ、イイッ。んふうっ」

当初は驚きと緊張で締めつけてきたアナルも、徐々に解れてきたようだ。守は尻の谷間に鼻面を埋め、舌の根元まで突き入れる。これで準備は調った。

「んああ……もうダメ。挿れて」

バックも初めてだという人妻にとって、アナルへの口舌奉仕はまるきり未知の世界だったことだろう。背徳感と羞恥に責め苛まれ、身を打ち震わせながらも、快感に堪えきれず挿入をねだってきた。

それは守も同様だった。

「俺も、もう我慢できないよ」

彼は言うとアナルから舌を抜き、膝立ちの姿勢を取った。

肉棒はこれ以上ないほど勃起している。今度こそ、彼女に全てを注ぎ入れるのだ。

「いくよ」

守は人妻の尻たぼを両手で寛げ、挿入を今か今かと待ち構えている怒張を近づけていく。

だが、彼がまず挿れたのは定石通りの蜜壺だった。

「はううっ」

「あふうっ、きた――」

濡れた花弁は喜ばしげに逸物を受け入れた。

まずはこれでいい。守は背後から抽送を繰り出した。

「ハアッ、ハアッ」

「んああっ、んっ」

好調な滑り出しだ。絶頂で解(ほぐ)れた蜜壺は滑りも良く、それでいて適度な握力で太竿を締めつける。

「ハアッ、ハアッ、ハアッ。ううっ」

「んっ、ああっ、奥まで――すごい」

静香も感じている様子だった。相変わらず顔は枕に埋めたままだが、喘ぎ声は明らかに高まっていった。

だが、守には計画がある。彼は恥骨を尻っぺたに打ち付けながらも、指に唾(つば)を付けてアナルに突っ込んだ。

「はひっ……まっ、守くん!?」

さらなる異物感に静香はとまどっているようだ。それでも抽送の快楽には打ち勝ちがたく、彼の行為をとどめようとはしなかった。

守は指と肉棒で二穴を穿つ。

「ハアッ、ハアッ、ハアッ」

「んふうっ、あうっ……イヤ……」

静香は呻きながら、とまどいと愉悦との狭間に揺れていた。

一方、アナルは徐々に解れていく。今なら太茎も受け入れられそうだ。

腰を振りながら守は呼びかける。

「静香さん」

「ん？　あんっ」

「後ろに挿れていい？」

「どういう意味？　後ろ、ってまさか――あふうっ」

「多分そのまさかだと思う。お尻」

「ああ、そんな……」

変態じみたことなんてできない――彼女はそう言いたかったに違いない。当然だろう。普通の主婦がアナルセックスの経験などあるはずもなかった。

しかし、守は引かなかった。彼女の中で果てたい一心だった。

「お願い。こうするしかないんだ」

思いの深さを表わすべく、彼は激しく腰を打ち付けた。

静香は身悶える。

「んああっ、イイッ……わかったわ。でも、痛くしないでね」

「もちろん。うれしいよ」

許可を得て、守の胸は喜びに溢れる。彼女にも、彼が好奇心だけで言っているのではないことが伝わったのだろう。

「苦しかったら言ってね」

蜜壺から肉棒を抜くと、牝汁に濡れて照り光っていた。この時点でぬめりは十分だが、念のため指ですくってアナルの周りに塗りつける。

「んふうっ」

指が放射皺に触れるだけで静香は体を震わせる。さすがに不安は隠せないようだが、反面初めてのプレイに興奮を覚えてもいるようだ。

守は肉棒を支え持ちながら、膨れた亀頭を放射皺にあてがった。

「力を抜いて」

「……ええ」

尻を突き出し身構える人妻が愛おしい。

「いくよ」

彼は言い、慎重に腰を進めていく。

入口は狭く、静香は呻いた。

「ぬふうっ……んぐっ」

「痛くない？」

「う……いいえ、大丈夫みたい」

だが、雁首まで埋もれると後は楽だった。守はそのまま三分の一ほど挿入した。

「入っちゃった」

「う……ふうっ」

「もう少し奥まで行くよ」

実はこのとき守もアナル挿入は初めてだった。冴子ともそれに近いプレイはしたことがあるが、そのとき責められたのは彼の方だったのだ。

人妻の処女アナルは太茎をきつく締めつけた。

「ううっ……ぐ。入った。奥まで入ったよ」

「ひいっ、ふうっ。なんだか変な感じだわ」

互いの感想を述べ合い、一歩ずつ手を取り合って進んでいく。欲望を満たす行為が、そのまま二人の共同作業になっていた。

「ふうっ、ふうっ」

根元を締めつけられ、守も苦しい。だが、本能が腰を振れと命じていた。彼は少しでも楽になるよう、両手で尻たぼを寛げながら、慎重に腰を引いた。

「ぬおっ……」

「んああ……」

すると、静香は力が抜けていくような声をあげた。

「ふうっ、ふうっ」

守はひと息つき、再び奥まで押し込む。

「ううっ」

「はひいっ……」

後はこれを繰り返すのみだった。最初は一回ごとに休みを入れなければならなかったが、出し入れを重ねるうちに続けられるようになっていった。

「ハアッ、ハアッ、ハアッ」

「んんっ、はううっ、んっ」

「静香さんのお尻、きつくて締まる」

「ああ、こんなの初めて。すごいわ、守くん」

次第に静香も慣れてきたらしく、短く苦しそうだった呼吸が、ゆったりと深いものになっていく。

「んああ……ダメ。わたし——」

「静香さんも気持ちいい？　俺も……うはあっ」

握りの強さは媚肉とは比べものにならない。必ずしもきつければ良いというものでもないが、人妻の初めてを奪う歓びが守の心と体を満たしていく。

その思いは静香も同じようだった。

「んあっ、イイッ……ああ、お尻で感じるなんて」

自他共に認める貞淑妻が、肉体の悦びに抑制のたがが外れていく。自分でも気付かなかった欲望の深さを思い知らされ、愕然としているようだった。

そして、不意に静香が後ろ手に彼の手首を捕まえてきた。

「守くん……」

どうしたのだろう。守が驚く間に、彼女は摑んだ彼の手を自分の股間へと導いていった。

「ここを触って。こう——」

そう言って、牝芯を愛撫するよう促してきたのだ。

包皮の剥けた尖りは勃起していた。

「ここ？　クリを弄って欲しいの？」

「うん、そう……んああーっ、イイッ」

守が指で捏ねると、静香は激しく身悶えた。

人妻が自ら愛撫をねだる行為に守は興奮した。静香も一人の女なのだ。当然のことながら、こうしてベッドをともにするまで決して知ることはできなかっただろう。彼女に対する熱情と欲望はさらに燃え盛った。

「静香さんっ」

「あっふ……イイッ、ダメえっ」

守は猛然と腰を振り、肉芽を弄った。

「ハアッ、ハアッ、ハアッ」

「わたしまた――んああっ、イッちゃうかも」

静香は背中を丸め、絶頂を口にし始める。

かたや守も限界間近だった。

「うはあっ、締まる……くうっ、出そうだ」

アナルに竿肌を食い締められ、射精感が突き上げてくる。

静香の喘ぎも荒々しさを増していった。

「あっひ……ダメ。イクッ、イッちゃううううっ」

「うああっ、そんなに締められたら……うぐうっ、出るっ！」

「イイイイーッ」

人妻の温かい体内に大量の白濁液が注がれた。妊娠の気遣いなく中出しできる悦びが、絶頂をさらに開放的なものにした。

「うはあっ」

「んんんっ」

受け止めた静香も満足そうな呻き声を上げる。

やがて守は抽送を収め、アナルに刺した肉棒を引き抜いた。

「ううっ……」

「んふうっ……」

抜いた後もアナルはヒクついていた。放射皺から満足そうに白いよだれを垂らし、媚肉から太腿へと伝い落ちていた。

守はうれしかった。お尻とは言え、やっと静香の中に果てたのだ。

「ありがとう。静香さん」

彼は言うと、ぐったりと横たわる静香の額にキスをする。

仰向けになった静香は、いまだ絶頂の余韻が残っているのか、表情はボンヤリしたままだった。

ところが、少し落ち着いてくるとこう言ったのだ。

「ひどいわ。わたしをこんな風にして」

「え……？」

なじるような物言いに、一瞬守は焦りを覚える。やはりアナルファックはやり過ぎだったたか。

しかしよく見れば、彼女の顔は微笑んでいた。

「守くんのせいだからね。二回もイッちゃった」

「静香さん――」

彼女は本当に怒っているのではなかった。むしろ彼に甘えていることがわかったとき、守は男として認められた気がしてうれしかった。

「好きだよ」

「ええ、知ってる。わたしも守くんが好きよ」

「じゃあ、これからも――」

守としても、友人の家庭を壊すつもりはなかった。ただこうして時折二人きりで会えればいいと思っていた。

しかし、やはり独身の彼と既婚の静香では認識の相違があった。

「ごめんなさい。もう少しだけ、考えさせて」

彼女は言うと、まもなく服を着直して部屋を出ていった。


翌週末、守は勇人とキャンプ場にいた。以前から約束していたのだ。互いに就職してからは都合が合わず、めったに外で遊ぶことはなくなっていたので、たまには幼なじみ同士で水入らず時を過ごそうというわけである。

夕食を終え、彼らは焚(た)き火を囲んでいた。夜空いっぱいに、都会では見られない大量の星が輝いている。

「こうしてると、日頃のストレスも忘れられるな」

焚き火のはぜる音を聞きながら、勇人がしみじみと言い出した。

守は拾った枝で薪(たきぎ)を弄りつつ答える。

「なんだよ、急にしんみりして。勇人はそんなこと言うタイプじゃないだろう」

「おいおい、俺だってストレスくらいあるさ。言っておくけど、守より社会人経験は長いんだからな」

「出た。得意の先輩面マウント」

「うるせえ」

親友同士ならではの気のおけない会話だった。

だが、守は胸の内に重しを抱えていた。静香とのことだ。幼なじみに秘密があることさえ心苦しいのに、その上相手は彼の母親だった。決して明かすことなどできないが、秘密を抱えていることに罪の意識は拭えなかった。

何も知らない勇人は屈託なく会話を続ける。

「そう言えば、昔も一緒にキャンプしたよな」

「ああ、覚えてる」

二人ともまだ小学生の頃、やはり同じようにキャンプ場に来たことがあった。当時は守の両親も一緒で、桐谷家と合同で休暇を過ごしたのだ。

「あの時は一緒に川で魚を獲ったよな」

「ああ。手づかみで」

「マスだっけ。獲れたてを焚き火で焼いてさ。美味かったよな」

「美味かったな」

「夜はテントで守のおじさんが怪談話をしてくれてさ」

「『あ〜け〜て〜』ってやつだろ。勇人、ビビって一人でトイレに行けなくなって」

「ちげーよ。連れションしようって言ったのは守の方だろう」

「そうだっけ」

他愛もない昔話をしながら、守は別の場面を思い出していた。

それは怪談話より前のこと。夕食でバーベキューをしているときだった。

焼き網には金串を刺した肉が並べられていた。ちょうどそのとき大人たちは別の作業にかかりきりで、放っておけば肉が焦げてしまいそうだった。

それに気付いた守は、ふといいところを見せたくなった。高学年で背伸びしたい年頃だった。何も考えず肉を返そうとして、熱い金串を素手で触ってしまったのだ。

「あちぃっ！」

熱いと思ったときは遅かった。守は指に激痛を感じ、泣き出してしまった。

するとその声に気付き、駆けつけてくれたのが静香であった。

「こっちにいらっしゃい」

静香は彼の手を引き、川の冷たい水で火傷を冷やしてくれた。勝手なことをした守のだ。

を叱ることもなく、泣く彼をやさしくなだめながら、我が事のように心配してくれた

「大丈夫。痛いの痛いの、飛んでいけー」

なんてことのない一幕だが、守には忘れられない思い出だった。このとき彼は初めて静香を一個人として意識したのだ。とはいえ子供心に淡い憧れを抱いただけで、当時はもちろん男女の仲になりたいなどと思ったわけではない。しかし、この出来事があってから、静香を特別な存在として見るようになったのだった。

気付けば夜も更け、焚き火も小さくなりかけていた。

「そろそろ寝るか」

「だな」

二十三歳になった守と勇人は言い交わし、休日の夜を締めくくった。

同じ頃、桐谷家では久しぶりに夫婦水入らずの時を過ごしていた。

リビングの庄司は晩酌で少し酔っているようだった。

「もうすぐ秋だな」

「もう一本おつけしますか」

静香はお銚子が空になったのを見て訊ねる。

すでに夕飯は終えていた。夫は最後の一杯となったお猪口を見つめ、何やらしばらく考える風だったが、やはり考え直したらしい。

「いや、もういい」

「そうですか」

テレビではニュースが流れていた。普段から息子の帰りが遅くなることはあるが、泊まりがけで留守にするのとは勝手が違う。夫婦の間には、どこか物足りないような気の抜けた感じが漂っていた。

ニュースがＣＭに切り替わったところで、静香が席を立とうとする。

「そろそろお風呂にでも入ってこようかしら」

誰に言うでもなく、それでいて宣言するような口調だった。

ところが、庄司がふと言ったのだ。

「まだいいじゃないか」

「え……」

返事など期待していなかった静香は意外に思って動きを止める。

庄司は妻の手を引き、耳元で囁いた。

「なあ、久しぶりにどうだ」

夫からの誘いだった。しかし、静香は訝しむ。もう何年も夫婦の営みなど遠ざかっている。突然どうしたのだろう——自分が心に秘密を抱えているだけに、長年連れ添った夫の魂胆に疑いを抱いてしまう。

「どうしちゃったの。何かあった？」

「おかしいか。夫婦だろう」

「ええ……まあ。だけど、こんなこと」

「せっかく勇人も留守なんだ。たまにはいいじゃないか」

庄司は珍しく執拗だった。赤ら顔をしてうなじを舐めてきた。

「待って……。わかったわ、寝室へ行きましょう」

気分の乗らない静香だったが、根負けして承諾する。これ以上拒めば怪しまれる気がしたのだ。それに夫のことは愛していた。

それから二人は寝室へ行き、服を脱いだ。といっても、それぞれが自分でパジャマを脱ぐのだ。夫婦のやり方だった。その方が簡単で早い。

静香が全裸になって横たわると、庄司はその上に覆い被さってきた。

「こういうのも久しぶりだな」

「そうね」

素っ気なく言い交わすと、キスをする。庄司はすぐに舌を入れてきた。

「べろっ、ちゅぼっ」

「ん……」

夫の酒臭い息が入り込んでくる。静香は冷静なままだった。相手は愛する夫だ。決して嫌なわけではない。嫌ではないが、燃え盛るものもなかった。

「ちゅばっ、ちゅぷっ」

その間にも庄司は乳房に吸いつき、秘部をまさぐってきた。

「あんっ……んっ……」

勝手知ったるいつもの流れだった。何年ご無沙汰しても、夫の手順は変わらなかった。この後の展開も予想がつく。

「相変わらず濡れやすいんだな」

この台詞も何度となく聞いた。庄司は息を荒らげながら、濡れた妻の蜜壺に中指を挿入する。

「そら。感じるだろう?」

「んっ……んふうっ」

恐らくこの後、夫はフェラチオを要求するか、もしくは手っ取り早く挿入したがるだろう。

はたして静香の予想は当たった。

「ゴムを着けてくれ」

「ええ」

今回は後者の方だった。静香は裸のままサイドテーブルの引き出しから、しばらく置きっぱなしだったスキンを取り出し、夫の逸物に装着した。

「これでいい？」

「ああ。挿れるぞ」

庄司は言うと、正常位で挿入してきた。

「ぬお……ふうっ」

「あっ……」

懐かしい感触に貫かれ、静香は無意識に声をあげる。

やがて庄司が腰を振り始めた。

「ハアッ、ハアッ。ぬう……」

夫はゆったりと腰を使った。こうして挿入感を味わうのだ。昔からの癖だった。

「んんっ、あっ。あふうっ」

　媚肉を掻き回され、静香も身悶える。快感はあった。気持ちいいにはいいのだが、どこか物足りない気もしていた。

「ハアッ、ハアッ、ハアッ」

「ああん、んっ。ああっ」

　しかし、酒のせいだろうか。夫の肉棒は完全ではなかった。若い守のような、触れたら弾けそうな勃起は感じられない。

（何を考えているの。わたしは、この人の妻なんだわ）

　静香は抽送を受け入れながらおのれを責めた。しばらく夫に放っておかれたために、守とはたまさかの刺激で新鮮に思えただけなのだ。

　しかし、いくら自分に言い訳しても、気持ちは変わらなかった。

「あなた――」

　静香は呼びかけると、突然体の上下を入れ替える。自分でもわからないものに突き動かされていた。

　意外な妻の行動に庄司は驚く。

「どうしたんだ、珍しいな」

「いいじゃない。たまにはこういうのも」

静香は誤魔化すように言いながら、上に乗って尻を振り始めた。

「あんっ、あっ、んんっ」

「はううっ、おっ、いいな」

最初は不審がった庄司も、快楽を前におとなしくなった。むしろ妻の積極的な行為を喜んでいるようだった。

静香は夫の腹に手をつき、無心に腰を振っていた。

「あっふ、ああっ、イイッ」

守との関係が影響していることは否めなかった。かつて息子を孕(はら)んだとき、夫の愛撫を受け入れるだけだったウブな新妻はもういない。若い守の出現で、彼女の中にあった女の性が目覚めてしまっていた。

「ああん、んっ、イイッ」

「うぐっ……おい、静香――」

「あっふ、ああっ、んふうっ」

これまで経験のない妻の腰使いに庄司はひとたまりもなかった。

「ぬおぉ、出るぞ……出るっ」

「んああ……」

ゴムの中に果てたのだ。静香はゆっくりとグラインドを収めていった。絶頂したのは夫だけだった。

そして庄司は自分だけ満足すると寝てしまった。

一人残された静香は、砂を嚙むような思いで毛布を被る。

（守くん――）

たった今、夫と交わっていたというのに、思い出すのは守のことだった。だが、そちらを選んでも不幸しかないのもわかっている。夫と二人、これまで築いてきた家庭を壊したくはなかった。

明かりを消した寝室で、静香は堂々巡りの考えを弄んでいた。

ふと隣りに目をやれば、夫が満足そうに寝息を立てている。

「あんっ……」

知らぬ間に静香は自分で股間をまさぐっていた。夫の自分勝手なセックスでは物足りず、オナニーで満たそうとしているのだった。

彼女は夫に背を向け、背中を丸めて指で自分を慰める。

「ふうっ、ふうっ」

割れ目は濡れていた。静香は指を鉤型(かぎかた)に曲げ、花弁から溢れる蜜を掻き回すようにして弄った。

脳裏に浮かべているのは、もちろん守であった。

「んあっ、んっ」

隣で寝ている夫を起こさぬよう、唇を噛んで声を殺す。

気付いたときには、オナニーに夢中だった。夫婦の寝室で別の男を思いながらするオナニーは、これまで波風の立たない半生を送ってきた人妻に、強い背徳感と快楽を催させた。

「あっふ、んんっ」

痺れるような愉悦が体を突き抜けていく。静香の指は自ずと勃起した肉芽を捏ねまわしていた。

「ぐふうっ、……イイッ……」

たまらず太腿を閉じたとき、絶頂の感覚に襲われた。静香は慌てて枕に顔を埋めて声が出るのを我慢する。

めくるめく一時は過ぎ去った。呼吸を整えた彼女は、物音を立てないよう気をつけながら後始末をし、改めて布団に潜る。どうやら夫は起こさずに済んだようだ。

「おやすみなさい――」

スッキリしたせいか、ざわついた気持ちが凪（な）いでいた。静香はいつしか眠っていた。

第四章　人妻の汗の滴り

その日、冴子率いる営業一課は、優良な成績を認められ社長賞を授かった。

役員に褒められた営業部長もご満悦のようだった。

「遠藤くん、これからもこの調子で頼むよ」

「お任せ下さい、部長。こんなのはまだ序の口ですから」

自信たっぷりの冴子の言葉に、他の課の長たちは苦い顔を浮かべながらも、文句の付けようがないといった風情であった。

そして終業後、冴子らは課を上げて祝杯をあげることになった。もちろん一部員である守も一緒だ。

居酒屋での祝勝会は盛り上がり、冴子も頬を赤らめご機嫌だった。

「ちょっとぉ、さっきからあんた飲んでないじゃない。飲みなさいよ」

上司に絡まれ、静かに飲んでいた守はため息をつく。

「課長、少し飲み過ぎじゃないですか」

「何言ってんの。今日くらい飲まなくて、いつ飲むってのよ」

冴子はこれまでもずっと人一倍努力し、周りよりいい結果を残してきた。店長から一気に営業課長になれたのも、彼女の実力だ。今回社長賞という形で認められ、いっとき羽目を外したくなるのも当然だった。

すると、不意に冴子が立ち上がりコップを掲げた。

「この賞はここにいる一人一人の力よ。みんなー、愛してるわー」

「遠藤課長にかんぱーい！」

上司のねぎらいに部員たちも気炎を上げる。

宴は絶好調だった。三時間もすると、冴子もしたたかに酔っていた。

「ちょっとトイレ――」

席を立とうとした足もとがフラついてしまう。

たまたま側にいた守がとっさに支えた。

「大丈夫ですか。顔が真っ赤ですよ」

「だーいじょうぶよぉ。今日は気分がいーいんだからぁ」

冴子が部下たちの前でこれほど乱れたことはない。悪い酒ではないが、このままだと大変なことにもなりそうだ。守は心配になってきた。

「遠藤課長、そろそろ帰りましょう。タクシーを呼んできますから」

「バカ言うんじゃないわよ。まだまだ飲むわよ」

聞き分けのない上司をよそに、守は店にタクシーを呼んだ。そして車が来ると、同僚たちに、もう冴子は先に帰ると声をかけ、グズる彼女を引きずるようにして店の外へと連れていった。

「ほら、歩いて下さい。タクシーを待たせていますから」

「あれぇ？　みんなは？　みんなはどこ行ったの」

「何言ってるんですか。みんなとは店の中でもう挨拶したじゃないですか」

「そうだっけ。ふうん……」

こんな冴子は初めてだった。仕事でもプライベートでも、常に守は彼女にリードされる方だったのに、今夜は逆だ。

「乗りましょう。運転手さんが待ってますよ」

だから、だらしなく酔った彼女が新鮮だった。面倒をかけられるのも少しも嫌ではなく、反対に世話をしてあげられるのが何となくうれしいのだ。たまにはこういうことがあってもいい。

タクシーの後部ドアが開き、守は冴子に乗るよう促した。

「頭に気をつけて下さいね――そう、かがみ込んで」

親切に声をかけつつ車内に押し込もうとするが、冴子は素直に従わなかった。

「うっさいなぁ。そんなに心配なら、あんたも乗りなさいよ」

「いや、しかしそれは……。みんなが待っていますし」

「あー、じゃああたしが酔っ払って、タクシーで誘拐されてもいいんだ」

座席に尻餅をついた冴子は、彼の腕を摑み離そうとしない。

守は迷い、店の方を振り返る。二人で宴会を抜け出す形になってしまうが、飲み会のどさくさではよくある事だ。変に勘ぐられたりはしないだろう。

「わかりました。家まで送っていきますから、詰めてもらえますか」

「わかればいいのよ。ほら、乗りなさい」

強引な誘いを断り切れず、守は諦めてタクシーに同乗した。

「運転手さん、すみません。お願いします」

「行き先はM町ね。よろしく」

守が目的地を告げる前に、冴子がさっさと決めてしまう。

車は走り出した。だが、M町は彼女の自宅とは正反対だ。守は抗議する。

「遠藤課長、全然方向が逆じゃないですか」

「いいのよ。こっちで」

「しかし……」

「二人で二次会しましょう。それと、もう誰もいないんだから冴子でいいわよ」

強引なやり口は、いつもの彼女らしかった。だが、守は思い出す。たしかこの日は、夫の誕生日だと言っていたはずだ。

「早く帰らなくていいんですか。だって今日は——」

「いいの」

守が指摘しようとしかけたところで冴子は制止する。みなまで言うな、というわけだ。そのとき彼女は窓外を眺めていたが、その横顔はどことなく酔いが醒めているようにも見えた。

しかたなく守は引いた。一応は気を遣ってみたのだ。

彼女がどこへ行こうとしているのかはわかっていた。M町といえば、ラブホテル街だったからだ。実はタクシーに乗せられたときから、こうなることは何となく予想してもいた。

しばらく会話はなかった。夜の街は賑やかで、車はなかなか進まなかった。

そのとき冴子がふと思いだしたように言う。

「うちの夫婦はね、お互いの自由を尊重しているの」

「……はあ」

不意をつかれた守は生返事になる。何故突然そんなことを言い出したのだろう。

するうち、タクシーは目的地に着いた。

「さ、お祝いの続きをしましょう」

車を降りた冴子は口調も足取りもしっかりしていた。店では酔ったフリをしたのだろうか。もとより彼女は酒に強い方だったが、守がそう訝しむほど変わり身は早かった。

ケバケバしいネオンが輝くホテル街。男女は連れだってとある一軒にシケ込む。

「今日はここにしましょうか」

「ええ」

冴子が選び、守が従った。いつも通りの情景だった。

部屋は思いのほか広かった。壁際にダブルベッドが置かれ、手前側に三人掛くらいのソファーとローテーブルがある。

冴子が言った。

「ジャケット」

「あ、はい。すみません」

守は気付いて上着を脱ぎ、手を伸ばしている上司に渡す。

受け取った冴子は、彼のジャケットをハンガーに掛けてくれた。自己主張の強い彼女だが、こういったところに人妻らしさが窺える。

その間に守は照明を調光し、冷蔵庫へと赴く。

「何か飲みますか」

「いらない。いいから、守はこっちに座って」

何か趣向を考えているようだ。守は素直に指し示されたソファーに向かう。冴子はご機嫌なようだった。実は、彼も居酒屋にいるときから、今日はこうなることを半ば予想はしていた。

守がソファーに座ると、冴子は背後から声をかけてきた。

「絶対に後ろを向いちゃダメだからね」

「わかりました——どうするんです?」

「バカねぇ。言ったら楽しみがなくなるじゃない」

「それは、まあ」

背中越しに衣擦(きぬず)れの音が聞こえる。室内は空調がほどよく効いていた。飲み会で守は酒をなるべく控えていたが、薄暗い調光と相まって、ほろ酔いの体が心地よく休まるようだった。

するとと、まもなく背中越しに肩から腕が回されてきた。

「今夜は燃えているの」

「冴子さん――」

「ほら、守も脱いで」

冴子は言いながら、守のシャツのボタンを外し出す。

「あ……」

不意に守は首筋に柔らかいものを感じた。冴子の裸の乳房だ。すると彼女はもうすっぽんぽんなのだろうか。見えないもどかしさが股間に響く。

「下は自分で脱いで」

冴子は耳を齧(かじ)りながら言い、細い指先で彼の乳首を弄った。

こうなると守も興奮せざるを得ない。まろび出た肉棒は勃起していた。

「あらあ、いつもながら元気なオチ×チンだこと」

冴子のからかうような口調に守もその気になっていく。

「早く俺にも冴子さんを見せて下さいよ」

「まだダーメ。立って」

両脇から腕を回され、守はソファーから立ち上がる。そうして縛めることによって見えないようにしているらしい。

冴子はそのまま彼をベッドへ誘導する。

「こっち」

「歩きにくいなあ」

守は文句を言いつつも、背中に当たる膨らみを堪能していた。

だが次の瞬間、冴子はいきなり彼を突き飛ばすようにしたのだ。

「えーい」

「あっ……」

守はつんのめるようにしてベッドに倒れ込む。糊の利いたシーツが清潔な香りで受け止めてくれた。

「もう、いきなり何するんですか――」

言いながら仰向けになる守は意外なものを目にする。

冴子がまだパンティーを穿いていたのだ。てっきり全裸だと思っていた。

だが、パンイチトップレスの彼女もなまめかしかった。全部脱いでいるよりも、逆に卑猥な感じもする。

「冴子さん、それ……」

「うふふ。これね、今日のために買ったの」

冴子は彼の目線を意識しながら、膝立ちでベッドに這い上る。深紅のパンティーは小さく、サイドはほとんど紐だった。

しかし、最大の特徴はそこではなかった。

「いい？　ジッとしているのよ」

彼女はほくそ笑みながら、膝立ちのまま彼の顔の上に跨がった。

思わず守は感嘆の声をあげる。

「おお……」

「どう？　すごいでしょ、これ」

まさに絶景であった。守の視線の先には、濡れ光る媚肉があった。クロッチの部分だけにパックリと穴が開いているのだ。

冴子は驚く彼を見下ろしながら得意そうに言う。

「Oフロントっていうのよ」

「でしょう？　でもね、昼間は気が気じゃなかったわ。だって、実質ノーパンなんだもの」

「すごいですね」

それはそうだろう。万が一、疼いてしまったら大変なはずだ。幸い、この日の冴子はスカートを穿いていた。パンツスタイルだったら染みが目立ってしまう。

守は初めて見るエロ下着に興奮していた。

「すごく、いやらしいです」

「視線が熱いわ。エッチな子ね」

冴子は股間を見せつけながら、後ろ手に陰茎を扱いてみせる。

「ぐふうっ、さ、冴子さんいきなり――」

「あーん、ズルいわ。自分だけ気持ちよくなって」

「だって、冴子さんが……ううっ」

「もーう、あたしも気持ちよくしてちょうだい」

鼻声でねだられ、守は首をもたげようとする。

ところが、冴子が腰を落とすのが先になった。

「あふうっ」

形になる。

「うぐ……」

守の顔は牝臭に覆われた。ぬるっとした感触が鼻口を塞ぎ、花弁とキスするような

守は息苦しさを感じながらも、懸命に舌を使った。

「ぐふうっ、レロッ、ちゅばっ」

「あんっ、いいわ」

冴子も興奮しているようだ。五年の付き合いの中で、顔面騎乗はこれが初めてではないが、変態下着の燃えるような赤色が劣情を煽るのだ。

牝襞に鼻をねぶられ、肉棒も硬さを増していく。

「あふうっ、こんなに硬くなって」

喘ぎながら、冴子は器用に後ろ手でペニスを扱く。

「むぐっ……ちゅばっ、レロッ」

「やっぱり若い――お酒を飲んでも、守のオチ×チンは元気なままね」

「ぷはっ――今日はあまり飲まなかったから」

守が息継ぎするわずかな間に答えると、冴子の握りが強くなった。

「わかってるじゃない。さすがあたしが仕込んだ男だけあるわ」

「ううっ……」

見上げる守の目からは、パンティー姿の冴子が躍動する様子がぼんやり見えるだけだった。重そうな乳房がゆっさゆっさと揺れている。

「んああっ、イイッ」

人妻は青年の顔に尻を据え、背中を反らして後ろ手に肉棒を扱いている。その姿はまるでカウガールがロデオをしているようだった。さしずめ守は若く元気な暴れ馬といったところだ。

だが、これはほんの前戯に過ぎなかった。

「あふうっ、よかったわ――」

彼女は言うと、おもむろに顔の上から退いた。

守も新鮮な空気に深呼吸する。

「ぷはあっ、ハアッ、ハアッ」

冴子はシーツの上にペタンコ座りしていた。

「ねえ、今日は試してみたい体位があるんだけど」

「何ですか」

守は聞き返しながらも感心する。冴子は仕事でもセックスでも探究心が旺盛だった。

それが若くいられる秘訣なのかもしれない。

彼女は言った。

「『抱き上げ』ってわかる？」

「いいえ。初めて聞きました」

「やってみればわかるわ。よいしょ、っと――」

彼女は言うと、やにわにベッドの縁から身を乗り出し、両手を床についた。

「こうやって、守が脚を抱えるの」

「バックから挿入する感じですか？」

「そう。で、あたしの両脚を持ったまま、立って一緒に前進するのよ」

要するに、「手押し車」のような形でハメるというわけだ。

「わかりました」

守は返事するものの、一抹の不安は拭えない。上手くできるだろうか。

ともあれ挑戦してみるしかない。

「じゃあ、もう少し前に行ってもらえますか」

「いいわ。これでいい？」

冴子の体がベッドの縁から尻まではみ出る。普段は女らしい丸い肩が、自分の体重を支えるのに硬く張り出していた。

「行きますよ」

守は彼女の膝上辺りを抱え、まずは硬直を花弁に突き刺した。

「うおっ……」

「んふうっ」

根元まで挿入すると、冴子は喘ぎ声を漏らした。いまだにパンティーに彩られたままの媚肉が、貪欲に肉棒を包み込んでくる。

そして守は床を踏みしめ、気合いを入れて立ち上がった。

「ふんっ――」

「ああっ……」

上手くいった。手押し車など中学の部活以来だが、何とか熟女の下半身を支えるくらいは可能だった。

「ふうっ、ふうっ」

だが、なかなかに重労働なのも事実だ。守は早くも息をつきながら、その場で軽く抽送を試みた。

「ハアッ、ハアッ」

「んあっ……あううっ、んっ」

するると、冴子も敏感に反応する。自分も相当きついはずだが、そんな様子はおくびにも出さない。

それどころか、彼女はさらに要求してきた。

「このままじゃダメよ。前に進まなきゃ」

「わかってます――せーので行きましょう。せーの」

「んっふう」

二人は呼吸を合わせて前進する。その歩みは遅かった。

「あんっ、ねえ。ちゃんと腰も振って」

「は、はい……。ふうっ、ふうっ」

前進するのと腰を振るのを同時にやるのは難しい。それでもなお守は努力した。今までもこうして冴子から新たな性戯を教わってきたのだ。

「ハアッ、ふうっ、んぐ……」

「あっ、んふうっ、イイッ」

足を運ぶときに上下動が加わるためか、実際感じる刺激も新鮮だった。冴子は長い髪を床に垂らし、一歩一歩前に進んでいく。

突き込むたび、人妻の尻はぷるんと揺れた。

「おうっふ。冴子さん、これヤバイですね」

「でしょう？　あたしも……ああっ、感じるわ」

端から見れば、滑稽(こっけい)な光景だろう。だが、本人たちからすれば真剣だった。自分たちが変態じみた行為をしているという自覚が、慣れたはずの交わりに一風変わった味付けをしてくれるのだ。

「ああん、イイッ。んふうっ」

喘ぎながらも冴子の腕はプルプル震える。実際、きついに違いない。あと二年で四十を迎える熟女には、あまりにハードな体位であった。

だが、彼女はそうして息むたび、蜜壺が締まるのも事実だった。

「ぬほおっ、んぐ……ハアッ、ハアッ」

すでに守はもう幾度も挫(くじ)けそうになっていた。しかし、上下の揺れが肉棒を煽り立てるのだ。締めつけもたまらなかった。

行く先は冴子任せだ。彼女はカーペット敷きの床を進み、ソファーを避けてクローゼットの方へ向かった。

「ねえ、腰がお留守になってていない？」

「ハアッ、ハアッ……はい、すみません」

「もっと——んああっ、そうよ。イイッ」

指摘された守が突き入れると、冴子は首をもたげて身悶えた。

「ハアッ、ハアッ、ハアッ」

だが、もう限界だ。守の腕は痺れ、鉛のように重かった。これ以上は前に進むことも、宙で腰を振ることもできそうにない——。

「ダメだあっ……」

耐えきれず、ついに守は膝をついた。彼女の体を乱暴に落とさないようにするのが精一杯だった。

「あぁん」

潰れた冴子は無念そうな声をあげる。

だが、肉体は繋(つな)がったままだった。守は寝バックの体勢で抽送を続ける。

「ハアッ、ハアッ、ハアッ、ハアッ」

「ダメじゃない。潰れたりして……あふうっ」

「でも、これも気持ちいいですよ」

「うん。さっきより——ああん、守、激しい」

下半身を支える労力から解放され、抽送はスピードを増していった。

「うあぁ、冴子さぁんっ」

「あっ、んああっ、守うっ」

守が冴子の尻を抉(えぐ)るたび、ちゅぷちゅぷと濁った音がした。

「あああ……」

冴子の尻たぼは柔らかく、ペニスだけでなく体ごと吸い込まれそうだ。

守は彼女の背中を抱き、女の甘い髪の香りを嗅ぎながら劣情を貪った。

「うああ、たまんないです。このままイッていいですか」

「いいわ。あたしも――はひいっ、全部出して」

「ハアッ、ハアッ。あああ、冴子さんっ」

「イクッ、イイッ、イイイイーッ」

冴子はうつ伏せたまま、くぐもった声で悶え喘いだ。抱き合う背中はじっとりと汗をかき、欲情に熱を帯びていた。

守も息を荒らげながら、ラストスパートをかけていた。

「ハアッ、ハアッ、ハアッ、ううっ……」

「んぐうっ、あっ……ダメ、イッちゃう」

「お、俺も。冴子さ――出るっ！」

堪えきれず肉棒は熱い白濁を噴き上げる。

すると、続けて冴子も頂点に達した。

「あひいっ……イクッ、イイイーッ！」

「おうっ」

絶頂した拍子に蜜壷が締めつけてくる。太竿は残り汁を吐いた。

一方、冴子の絶頂は長く続いた。

息を呑むと、背中が力み、わずかに首をもたげる。悦楽を搾り取るように尻たぼが引き締まった。

「ひいっ……」

「ぐふうっ」

「んあぁ……」

そして、ようやく狂乱の波が引いていく。守は腰の動きを止め、大儀そうに彼女の上から退いた。

結合が解けた後、打ち付けられた人妻の尻は赤くなっていた。深く切れ込んだ尻の谷間から泡立つ白濁液が漏れ滴（したた）っていた。

やがて息が整うと、二人はベッドに戻り、疲れた体を休めた。

「よかったわ」

「ええ。いつもより少し疲れましたけど」

抱き上げの体位を試したせいだ。守は早くも体の節々が痛むのを感じていた。

すると、冴子は彼の腕を指で撫でながら言った。

「ねえ、あなた少し運動不足なんじゃない？　何もしていないでしょ」

「え？……ええ、まあ。特に就職してからは忙しくて」

「呆れた。ジムにでも通った方がいいんじゃないの。若いうちからそんな風だと、あっという間に老け込んでしまうわよ」

彼女は軽い気持ちで言ったのだろうが、守もこの日の交わりで体力不足なのは痛感していた。

「冴子さんが言うなら、そうしてみようかな」

「ええ。そうなさい」

しかし、このとき守が考えていたのは別のことだった。冴子のアドバイスをヒントにある方策を思いついたのだ。

午前六時に目覚めた守は、溌剌とした気分で身支度し、Tシャツにジャージ姿で家を出る。この日は平日だった。ビジネス鞄の他に大きなバッグを提げ、スーツや革靴もその中に入っている。

早朝の空気は爽やかだった。電車もいつもより空いており、ゆっくり座ることもできる。もっと早くこうすれば良かったとすら思う。

降り立ったのは二つ目の駅だった。会社がある駅はもう少し先だが、今の目的地は駅前のフィットネスジムだった。

「よーし」

気合いを入れてジムに臨む。先日、冴子に運動不足を指摘され、早速手頃なジムに入会したのである。

だが、守の目的は別にあった。

受付を済ませ、ロッカーに荷物を置くと、トレーニングフロアへ向かう。そこで待っていたのは静香だった。

「おはよう、守くん」

「静香さん、おはよう」

事前に二人は示し合わせて同じジムに入会したのだ。ジムなら主婦の静香も疑われることなく通うことができる。冴子の助言をヒントに守が思いついたものだった。提案した当初は静香がためらうものと思ったが、意外にあっさりと賛成してくれた。人妻の心境の変化に何があったか知らないが、ともあれ守は彼女に会えることがうれしかった。

「もうウォーミングアップは済ませたの？」

「いいえ。わたしも今さっき来たところだから」

「じゃあ、一緒にやろうか」

「ええ。もちろん」

一時メディアなどで持て囃（はや）された早朝トレーニングだが、実際に続ける人は思うほど多くない。もっと都心にある有名ジムなら別かもしれないが、この日もフロアにいるのは彼ら二人だけ。貸し切り状態だった。

静香が選んだのはクロストレーナーだった。クロストレーナーとは、棒を握って手足を同時に動かす有酸素運動のマシンである。

「最初はあまり飛ばさないで。徐々にペースを上げていくの」

「オーケー。っていうか、静香さん詳しいんだね」

「勉強したのよ。わたしも運動なんて久しぶりだし」

静香の表情は生き生きしていた。

隣り合ったマシンで守もトレーニングを開始する。

「ふうっ、ふうっ。結構難しいな、これ。手と足が合わない」

「そうね——ふうっ。スキーの要領でやればいいのかしら」

朝の明るい日差しの中で、堂々と逢い引きできるのだ。守の心は自然と浮き立ち、本来の目的ではないはずのトレーニングにも力が入る。

静香も真面目にクロストレーナーに向き合っていた。

「ふうっ、ふうっ」

トレーニングウェアを着た彼女も色っぽかった。髪を後ろに束ね、メイクも最低限しかしていないようだが、それが却って人妻の魅力を引き立てている。

静香も上はTシャツだが、下は腰にピッタリとしたスパッツを穿いていた。

「ふうっ、ふうっ。だいぶ慣れてきたみたい。守くんはどう？」

「うん——ふうっ。何とか」

問いかけられた守は横を向いて笑顔を見せる。というより、彼は運動している間ずっと静香の方を眺めていた。

「ふうっ、ふうっ」

静香が一定のリズムで呼吸し、左右の脚を前後させるたび、ぷりっとした尻がなまめかしく蠢いていた。

先日は、あのアナルに肉棒を突き立てたのだ。

「ふうっ……ごくっ。ふうっ」

守は思わず生唾を飲む。ふくよかな尻の谷間に顔を埋めてしまいたい。劣情も露わに目で犯していると、運動で血流が良くなってきたせいか、パンツの中で肉棒がムクムクと大きくなってきた。

（マズいな……）

いくら貸し切り状態とはいえ、いつ従業員が入ってくるかわからない。勃起しているところを見られたりしたら事である。

ところが、ここでは静香の方が大胆だった。

「――守くん」

「ふうっ、ふうっ。ん？」

「こっちに来て一緒にやらない？」

なんと一つのマシンで運動しようというのだ。もし見つかったら怒られることは必至である。下手したら退会させられてしまうかもしれない。

だが、守も静香の誘いに辛抱たまらなかった。

「うん。そうするよ」

彼は返事すると、静香の背後に位置を取った。

「右手を前から行きましょう」

「そう。じゃあ、行くわよ。せーの」

本来が一人用のマシンである。二人同時に動かすのは難しかった。

「つく。さっきより重い」

「タイミングを合わせましょう。右、左」

「右、左……だんだん楽になってきた」

「ダメよ、守くん。そんなにくっついちゃ」

「だって、こうした方が合わせやすいだろう」

楽しく会話を続けながらも、守は股間を静香の尻に押しつける。スパッツの生地は薄く、まるで生尻に擦りつけているようだった。

「ふうっ、ハアッ、ハアッ」

息遣いが荒くなり、全身が熱くなっていく。トレーニングパンツの股間は完全にテントを張っていた。

　肉棒の感触は当然静香にも伝わる。

「ふうっ、ふうっ。んっ……守くんったら」

「静香さんも感じる？」

「バカ。あんっ、お店の人に見られちゃう――」

　たしなめるようなことを言う静香だが、その息遣いには甘いニュアンスが混じっている。さらには、彼女自らヒップを押しつけるようにしてきたのだ。

「いけないわ、こんなこと」

「ううっ、静香さんこそ。お尻をそんなに突き出したりして」

「んっ……いいえ、守くんが押しつけてくるんだわ」

　もはや二人とも辛抱たまらなくなってきた。人妻が健康のためと称して早朝に出かけ、若い男と逢い引きしながら卑猥なトレーニングに励む。従業員の目を盗むスリルとも相まって、異常なほどの興奮を引き起こしているのだった。

「ああっ、わたしもうダメ――」

　先に静香が交差運動を止めてしまう。守もすっかり息切れしていた。

「ふうっ、ふううっ。ここら辺で止めておこうか」

「次はどうする？」

「シャワーで汗を流す、っていうのはどう？」

するとウォーミングアップだけで止めることになるが、静香もためらうことなく彼の提案に乗ってくる。

「そうね。そうしましょう」

そして彼らはシャワー室へと向かった。途中、従業員とすれ違ったが、二人とも何食わぬ顔でやり過ごした。守の勃起した股間は傍目にもわかるほどだったが、静香がわざと従業員に挨拶し、何とか誤魔化してくれた。

シャワー室はロッカールームに併設されており、男女が分かれていた。女性用に静香が先に入り、先客がいないか確かめて戻ってくる。

「大丈夫みたい。入って」

小声で呼び込まれ、守も急いで中に入る。

「このまま行きましょう」

「うん」

二人は服を着たまま、靴だけ脱いでシャワー室へ向かった。個室の床には滑り止めのパッドが敷き詰められており、横になっても痛くはなさそうだ。

個室の鍵を閉めた途端、守は静香を抱きしめ唇を奪う。

「静香さんっ」

「んふうっ、守くんったら——」

自宅アパートでの逢瀬以来のキスだった。クロストレーナーですでに欲情していた彼は舌を伸ばし、夢中で彼女の口内をまさぐった。

「ちゅぱっ、レロッ。待ちきれなかったよ」

一方、静香もまたこのときを切望していたようだった。

「ふぁう、守……くん。ちゅろっ」

濃厚に舌が絡み合い、唾液が交換される。守は舌で静香の歯の裏側を舐めながら、両手でスパッツの尻を撫で回した。

「静香さん、会いたかったよ」

気の急く彼は、片方の手を尻の谷間に伸ばし、人妻の股底をまさぐる。ぷくっとした媚肉が熱を帯びている。

「あんっ、ダメ……」

すると静香も甘い声を出すが、途中で彼の腕を捕まえて愛撫を制した。

「待って。誰か来たらバレちゃうわ」

「誰も来やしないよ」

「ううん、お店の人が様子を見に来るかもしれない」

静香の真剣な訴えに、さすがに守も愛撫の手を止める。

「じゃあ、どうするのさ」

「まずは服を脱ぎましょう」

どうやらシャワーを流し、その音で誤魔化そうというらしい。彼女の提案はもっともだった。シャワー室にこもって水音もしないのでは、あまりに不自然でもある。

まもなく二人はそそくさと服を脱ぎ、脱衣かごに置いた。そして水栓を開くのだが、シャワーヘッドを壁寄りに向けて、自分たちに直接当たらないようにした。

「これでいいわ」

「うん」

「ねえ、守くんのここ、ずっとこのままだったの？」

全裸になった静香が見つめるのは、いきり立つ肉棒であった。トレーニングルームからここに至るまで、ずっと勃起したままだったのだ。

「そうだよ。静香さんのことを思って、今にもはち切れそうだったんだ」

「かわいい守くん。わたしが気持ちよくしてあげる」

彼女は言うとしゃがみ込み、舌を伸ばして亀頭をその上に乗せる。

「舐めてもいい？」

上目遣いに問いかける人妻は淫らだった。こんなに積極的な彼女は初めてだ。

守は興奮も露わに答える。

「しゃぶって。もう我慢できないよ」

「うん」

返事を聞くと、静香は舌先でチロチロと鈴割れをくすぐった。

「はうっ……」

痺れるような快感が守を襲う。

人妻はその反応を確かめながら、手で肉竿を支え、裏筋に舌を這わせる。

「んっ。守くんの匂い」

「つく……それ、ヤバイ」

「守くん、とっても気持ちよさそう」

静香は目を微笑ませ、今度は雁首の周りをぐるりと舐め回した。

「おつゆがいっぱい――」

そして彼女自身、興奮した様子でぱくりと肉棒を咥えたのである。

「じゅるっ、んん……」

「うはあっ、気持ちよすぎる」

太茎が温かいものに包まれ、仁王立ちの守は思わず天を仰ぐ。こんなひとときをどれだけ夢見てきたことだろう。幸福感と快楽が渾然一体となり、脳髄まで痺れるようだった。

静香が股間で顔を前後し始める。

「じゅるっ、じゅぷぷっ」

「うはあっ」

「わたしでこんなに硬くなってくれるのね」

「そうだよ――っくう。今日が来るのを待ちきれなかったよ」

「うれしい。わたしも指折り数えていたわ」

連絡が取れない間も、人妻は彼のことを考えていたというのだ。

守は感激もひとしおだった。

「静香さぁんっ」

たまらず彼女の頭を抱えて腰を突き出す。

すると、一瞬だが静香が喉を詰まらせた。

「ぐふっ……」

「ごめん。つい——」

思わず口を離した静香を見て、守はあわてて謝る。

しかし、彼女は見上げて言った。

「平気よ。いきなりだったからビックリしただけ」

互いに相手を気遣っているのだ。男女は上と下で見つめ合い、気持ちが通じ合っていることに笑みが漏れる。

「静香さん——」

「今度はこっちも舐めてあげる」

静香も気を取り直し、肉棒を手でつまむと、口を開いて陰嚢を頬張った。

「じゅぷっ、じゅるるるっ」

「ううっ、静香さんがそんなところまで……」

憧れの人妻が首を傾け、自分の皺袋にしゃぶりつく光景が目に眩しい。ゾクゾクするような喜悦が、守の背筋を駆け上る。

かたや静香は口中で陰嚢を転がし、太竿を手で扱くのだった。

「んんっ、んふうっ。もっと硬くなってきた」

「いやらしいよ、静香さん……っくはあっ、そんなにクチュクチュして」

守は身悶えながらも、静香の変化を確信する。さっきまでは予感に過ぎなかったが、今度は間違いがないようだ。あの貞淑だった人妻が、いまや自ら金玉袋にむしゃぶりついているのだ。それとも、これまでの彼女が仮面を被っていただけであり、今はただ本性が現れたに過ぎないのだろうか。

「あぁ、静香さんっ……」

「くちゅっ、じゅるるるっ」

献身的な口舌奉仕に励む全裸の熟女。シャワーの音でかき消されているはずだが、唾液の粘つく音が耳に響いた。

気付くと、静香は再び太竿に狙いを定めていた。

「こんなに硬いの、わたし初めてよ」

手でゆっくりと扱きながら、怒張をうっとりと見つめている。

守の息は上がっていた。

「ハアッ、ハアッ。それは、相手が静香さんだからだよ」

「あら、それじゃ他に女の人がいるみたい」

褒めたつもりが、静香は深読みしたのか拗ねてみせる。

きつく肉棒を握られた守は呻き声を上げる。

「うぐっ……そういう意味じゃ――」

苦悶の表情を浮かべる彼を見て、静香は楽しそうに笑った。

「冗談よ、冗談。痛くしてごめんね」

そう言って、お詫びの印に亀頭へキスをする。

守は幸せだった。愛しい静香が、冗談とは言え嫉妬したのだ。都合のいい話だが、このとき冴子のことは考えなかった。目の前にいる彼女が全てであった。

「今度は俺が静香さんを気持ちよくしてあげたい」

心からの申し出だった。時間はまだあるだろう。

いまや静香も劣情にどっぷりと浸かっていた。

「いいの？」

「そうさせて欲しいんだ。立って」

「うん」

二人は十代の若者のようにはしゃいでいた。

やがて静香が壁を背にして立ち上がり、しばし熱い視線を交わす。

「守くん、好きよ」

「俺も。静香さんが大好きだ」

唇が彼女の方から差し出され、守はそれにむしゃぶりつく。

「ちゅぱっ、レロッ……」

「んふうっ、ちゅぽっ」

ねっとりと舌が絡み合う。その間にも、守の手は乳房を円く揉みほぐしていた。

「んんっ、ん……守くんったら」

「柔らかい静香さんのオッパイ」

「あんっ、エッチな触り方」

甘えるように鼻を鳴らす四十路妻が愛らしい。

「ああっ、静香さんっ」

たまらず守は乳房に齧りついた。

「じゅぱるろっ、ふぁう……」

「んああっ、ダメぇ……」

「ハアッ、ハアッ」

守は両手で膨らみを揉みほぐしながら、尖った実を舌で転がす。

途端に静香は身悶えた。

「あっふ……イイッ」

「ちゅばっ。ハアッ、ハアッ」

運動で汗ばんだ人妻の肌はしっとりとして、少し塩っぱかった。しかし放たれる香りはあくまで甘く、青年のリビドーを煽り立てた。

「ハアッ、ハアッ」

守の顔は徐々に下がっていった。両手がふんわりした腰肉を撫で、舌はヘソを乗り越えて草むらへ潜り込んでいく。

「んああっ……」

すると、静香は身震いするような様子を見せ、鼻にかかった声をあげた。芳しい牝臭が守の鼻孔をくすぐる。秘密の花園はもうすぐだ。

「静香さん、脚を開いて」

「……ええ」

感じるたび内股になりがちな彼女に声をかけ、左右の脚を開かせる。

守は股底に顔を突っ込んだ。

「びじゅるるっ、静香さんのオマ×コ美味しい――」

「んああーっ、イヤアッ。守くんのエッチ」

「だって、本当に美味しいんだもの。じゅるるっ、ちゅるっ」

「あっ。ああっ、激しい……」

静香は悦楽の表情を浮かべ、男の口舌奉仕を受けていた。

守は舌を長く伸ばし、夢中でジュースを啜りあげた。

「びじゅるっ、ちゅばっ」

「あふうっ、んあ……ダメ、そこは」

「どんどん溢れてくる。いやらしいオマ×コ」

「あんっ、バカぁ……ダメ」

静香は快楽から逃れようとするように身を振りもがく。

だが、守は彼女の腰をしっかりと捕まえて離さなかった。

「ちゅばっ、静香さんの匂い」

牝臭を胸一杯に吸い込みながら、愛しい人の敏感な部分を舌でまさぐる。捕らえた肉芽は勃起していた。

「イヤアッ……」

たまらず高い声をあげてしまった静香は、あわてて自分の口を塞ぐ。個室の外から物音は聞こえないものの、いつ誰が来てもおかしくないのだ。

守も一瞬肝を冷やしたが、それで愛撫を止めることにはならなかった。

「べちょろっ、じゅっぱっ」

冴子とのプレイで鍛えた舌使いだ。ここで活かさず、一体どこで発揮するというのか。彼は持てる全てを注ぎ込んだ。

「静香さん、気持ちいい？」

上目遣いに訊ねると、静香は体をくねらせて答える。

「うん――とっても。あふうっ、守くん上手」

「本当？　うれしい。もっと気持ちよくしてあげる」

彼は言うと、音を立てて牝芯を吸い込んだ。

「ぴちゅるるっ、じゅぱっ」

「はううっ。ダメ……そんなにされたらわたし――」

「どうなっちゃうの――じゅぱっ。教えて」

「あんっ、ああん。おかしく……はうっ、なっちゃうからぁ」

静香は言いながら、堪えきれないように太腿で頭を締めつけてくる。

しかし、それは逆効果で、守の顔をますますたぐり寄せる結果となった。

「むぐうっ、静香さん……じゅぱっ」

「あううっ、ハアッ、あんっ」

シャワーの水流は床を叩きつけていた。立ち上る湯気が、裸で絡み合う男女をもやで包み込んでいる。

「ハアッ、ハアッ」

守は舌でぬめりをすくいあげ、突起に塗り込むようにした。最初はさらりとしていた牝汁が、少しずつ濃度を増していくのがわかる。

「んああっ、イイ……」

悦楽が人妻の体を桜色に染めていた。壁に背中を預け、蕩けた表情を浮かべて肉悦に浸る。執拗とまで言える口舌奉仕に女の性が花開いていく。

「ダメえっ、オマ×コイッちゃう」

貞淑妻の口からは、無意識のうちに淫語が飛び出していた。

自分の愛撫で人妻が我を忘れているのだ。守の歓びはひとしおだった。

「静香さんっ、静香さんっ」

こうなると、もはや手管（てくだ）もクソもない。思いの限りをぶつけるように無我夢中で舐めまくった。

「べちょろっ、じゅるっ」

「あんっ、ダメ……本当にイッちゃうからぁ」

「いいよ。イッて。静香さんがイクところを見たい」

「んあっ、はううっ。いいの？　わたし——」

「じゅるるるっ、じゅぽっ。美味しい」

そうして彼が舐め続けていると、静香の体がビクンと震えた。

「はひいっ、イッ……イクッ、イックうううっ！」

もちろん声は抑えたつもりだろうが、それでも絶頂の瞬間の喘ぎ声はシャワールームの壁に響いた。

「んんっ、守くぅんっ」

最後は喉を振り絞るように喘ぎ、静香は達したのだった。

それに気付いた守は顔を上げる。

「イッたの？」

静香は額に手を当てて、苦しそうに呼吸していた。

「……ええ。イッちゃったわ」

「イッた後の静香さんもきれいだ」

「バカなこと言って——でも、好きよ」

「俺も」

守は立ち上がり、満ち足りた顔の静香にそっと口づけをした。

二人がシャワー室に入ってから、すでに結構な時間が経っていた。だが、彼らはまだ満足はしていない。幸い、誰かが来る気配はなかった。

絶頂後、まだ火照(ほて)った顔をした静香が耳元で囁いた。

「わたしだけイッてしまってごめんなさい。守くんはまだだったわね」

同時に太竿を握られ、守は呻く。

「ううっ……」

「守くんのこれ、わたしの中に欲しいわ」

人妻からのおねだりが、青年の股間を疼かせる。

「静香さんっ――」

たまらず守は腰を落とし、怒張を花弁に突き入れた。

「ぬおっ……」

「あふうっ、入ってきた――」

狭い個室の中でのこと、立位で男と女は繫がっていく。口舌奉仕で十分濡れた蜜壷は太茎をたぐり寄せるように受け入れる。

根元まで挿入し、守はため息をつく。

「ふうっ、ふうっ。静香さんの中、あったかいよ」

「ん……。守くんも、熱くなっているわ」

「朝っぱらからこんなことをしている俺たちって、ヤバいかな」

「そうね。わたしも、どうかしていると思うわ」

「静香さん、聞いてもいい？」

「なぁに、守くん」

「俺のオチ×ポ、好き？」

「んもう、バカ――」

守の稚拙な問いかけに、静香は肉体で答えた。腰を揺さぶってきたのだ。

「んあっ、イイッ」

「おうっふ。しっ、静香さんっ」

「ああん、あんっ」

以前までの彼女とは明らかに違っていた。貞淑な人妻は、一人の青年の情熱によって生まれ変わったのだ。自らを縛り付ける良識の鎖を打ち破り、解放された歓びが表情をも輝かせている。

「守くぅん──」

そして向かい合わせで立ったまま、ヘコヘコと腰を動かすのだった。

「おおっ、静香さぁん……」

一人の女が性に目覚めたのだ。守の男としての歓びも一層募る。自分の肉棒が大人の女性を、それも人妻を蕩けさせたのである。

突き上げる腰使いにも、自ずと力がこもる。

「ハアッ、ハアッ、ううっ……」

「んああっ、いいわ。もっと」

「こんなにヌルヌルで……っくぅ」

「んふうっ、あんっ。ねえ、もっと奥まで突いてぇ」

遠慮をかなぐり捨てた静香は貪欲だった。子育てに追われる年月に、女であるより母親であることを優先してきたこれまでの日々が嘘だったかのように、彼女は身悶え、激しく掻き回されることを望んだ。

「静香さんっ」

「あんっ」

守は彼女を壁際に押しつけ、片方の脚を持ち上げて抽送しやすくした。

「ハアッ、ハアッ。これで、どうだ？」

「んああーっ、イイッ。奥に当たるぅ」

「うあぁぁ、静香さんのビラビラが絡みつく」

「あっふ、んんっ。硬いの、好き――」

二人の激しい息遣いは、シャワーの音で何とか誤魔化せている。しかし近くで耳を澄ませば、ぬちゃくちゃいう粘った音がドアの外にも聞こえているはずだ。

だが、いまや悦楽に夢中の彼らには関係がなかった。

「おうっ、ううっ。ハアッ、ハアッ」

「あんっ、ああっ、イイッ」

静香は蕩けた表情を浮かべ、愉悦に身を委ねている。だが相手に合わせて腰を揺さぶるうち、次第に立っていられなくなったようだった。

「んああっ、もうダメ――」

彼女は言うと、壁に背中を付けたまま、身体がズルズルと下がっていく。守も離れないよう一緒についていった。

「静香さんっ……」

「うふうっ」

とうとう床に尻がついてしまった。耐えきれなくなった静香は仰向けになり、守が覆い被さる形になっていた。

反面、正常位になって抽送もしやすくなった。

「静香さん、行くよ――」

「来て」

水浸しの床で二人は肉交を続けた。守は額に汗を浮かばせ、懸命に腰を振る。

「ハアッ、ハアッ、ハアッ」

「あんっ、んああっ、イイッ」

彼の背中にシャワーの一部が当たっている。跳ねた水が静香の太腿を伝い、タイルの床に滴り落ちて、幾筋もの流れを作っていた。

静香の顔は紅潮し、悦楽に歪んでいた。

「あっひぃ、守くん。来てえっ」

むっちりした二の腕に引き寄せられ、守は人妻に舌を絡ませる。

「べちょろっ、ちゅばっ」

「んふうっ、好き」

「静香さんと、ずっとこうしていたい」

「わたしも——あふうっ、守くんに入ってて欲しいわ」

互いの吐息を浴びながら、たぎる思いをぶつけ合う。長い時間をともに過ごし、同じ時間だけ気持ちを秘めていたために、解き放たれたときの悦びも深い。

人妻と青年は一つに混じり合おうとしていた。

「ハアッ、ハアッ、ハアッ」

蜜壺の中で肉棒は膨張(ぼうちょう)し続けた。

潤んだ静香のまなざしが、愛しい青年を見つめる。

「んああっ、ダメ……わたしまた——」

「俺も……。もうすぐイキそうだよ」

「ねえ、このまま——ああんっ」

「何？　言ってよ」

守が促すと、静香は言った。

「今日は大丈夫な日なの。だから——」

安全日だから中で出していいと言うのだ。守の顔が輝く。

「本当に？　いいの」

「うん。一緒にイこう」

「静香さんっ」

「守くん」

前回、守は次善の策としてアナルに射精したのだった。しかし、今回は本人から正式に中出しを許可されたのである。興奮せずにはいられなかった。

「うおおっ……ハアッ、ハアッ、ハアッ」

守は無我夢中で腰を振った。

激しい抽送に静香も喘ぐ。

「んあああっ、守くん激し――」

「静香さんっ、静香さんっ」

二人とも、ここがジムのシャワー室であることなど忘れているようだった。本能の命ずるままに互いを求め、快楽を貪り合うのだった。

「ハアッ、ハアッ、ハアッ、ハアッ」

陰嚢の裏から次第に熱いものがこみ上げてくる。

対する人妻も荒い息を吐き、熟した肉体をくねらせた。

「はひぃっ、イイッ、あふうっ」

「きれいだ、静香さん」

「守くんも、ステキ……」

　言いかけたところで静香の体がビクンと震えた。

「ダメ……イッちゃう」

「ぐ……待って。俺もすぐに」

　守は言うと、猛然と腰を振り出した。

「うあぁぁあっ、静香さんっ」

「あっひ……ダメえぇえーっ」

　腰も砕けよとばかりの抽送に静香は手足をバタつかせる。

　反動で蜜壷が締めつけられた。

「おうっ、静香さん。俺もう――」

　喜悦の波が守の全身をさらっていく。

「イイイイーッ」

　静香が頭を仰け反(のぞ)らせ、絶頂に全身を強(こわ)ばらせる。

　その瞬間、媚肉がうねりだしたように感じた。

「うはあっ、出るうううっ」

　とても堪えることなどできなかった。蜜壷は細かな襞で太竿をくすぐり、気付いたときには大量の白濁液を噴き上げていた。

「ぐはあっ……」

「はううっ、イイッ——」

そして立て続けに、今度は静香が頂点に達した。

「イクううううっ、イッちゃううううっ！」

太腿から足指までをピンと伸ばし、息むようにして絶頂したのだ。

「あっふ……ああ……」

「ううっ」

一旦引いた波はぶり返し、肉棒から残り汁を搾り取る。中出しの充実感が守の全身を満たしていく。

静香もまた一線を越えた余韻を味わっているようだった。精も根も尽き果てたという様子で横たわり、床にだらしなく四肢を伸ばしているのだった。

ようやく息が整うと、守は人妻の上から退いた。

「……おうっ」

「んあっ……」

媚肉は果ててもなお、肉棒を食い締めんとするようだった。抜け落ちた後もしばらくはぽっかりと口を開け、満足げに白濁を漏れ滴らせていた。

朝の交わりを終えると、守はスーツに着替えて会社へ向かう。静香はもちろん家に帰るのだ。

「今週はまた木曜日に会えるわ」

「それまで待ちきれないよ」

別れ際、二人は次の約束をする。静香も自分の気持ちに素直になったようだ。守は幸せだった。こんな日々が永遠に続けばいい——青年の単純な願いはしかし、そう簡単に叶うようなものではなかった。

第五章　夫婦の寝室

フィットネスジムに通い始め、守は静香と週二回ほど会うようになった。とは言っても、毎回会うたびセックスしているわけではない。他の会員がいることもあるからだ。ただ普通にトレーニングで汗を流し、会話だけで別れることもしばしばあった。

というより、実際は貸し切り状態になる方が珍しかった。初回の時はたまたま運が良かったのだ。

静香はそれでも楽しそうだったが、守は会って喋るだけでは物足りなかった。彼女を抱きたくてたまらなかった。

そんな折、桐谷一家と温泉旅行に出かけることになった。忙しかった庄司が連休を取れたというので、勇人から誘われたのだ。

「一泊二日だけどさ、守はどうよ？」

「え……ああ。まあ、特に用事はないけど」

「じゃ、決まりだな。親に言っておく。まあ、俺も今さら家族旅行でもないんだけどな。おふくろが守のおじさんたちにも話しちまったらしいし」

「半分親孝行みたいなもんか」

「ああ。たまには温泉でのんびりすんべ」

こうして同行が決まったのだが、守は内心あまり気が進まなかった。

これが静香と二人きりの旅行なら、どんなに楽しいだろう。しかし桐谷家との家族旅行は昔からの恒例行事であり、たとえ守の両親が不在であっても、固辞する方が不自然だった。

そして当日、桐谷家三人と守は特急電車で温泉地へ向かった。

しかし、静香もどこか気詰まりなのだろう。道中でも、守に対してどことなくよそよそしい態度を取っているようだった。

（静香さん……）

思わず胸を詰まらせる守だが、表情に出すわけにもいかない。かなり苦しい旅になりそうだった。

やがて一同は温泉地に着き、早速駅の土産物店を覗くことにした。

「守は会社の人間に買っていかなくていいのかよ」

一緒にいるのは勇人だった。桐谷夫妻は別のところを見ている。

「そうだな。上司に一つと――勇人は？」

「俺か？　俺はもちろん愛梨一択よ」

愛梨というのは守の従姉で、かねて勇人に紹介した相手だ。一度デートしたのは聞いたが、どうやらまだ続いているらしい。

「へえ、もう呼び捨てなんだ。上手くいっているみたいだな」

「まあな。お前はどうなんだ。誰かいい女を見つけたか」

「いや、まあ……」

守は思わず目を逸らし、土産物を見るフリをする。勇人には冴子のことも話していない。なんとなく理解してもらえないという気がしていたからだ。ましてや今心を奪われているのが自分の母親だと知ったら、彼は何と言うだろう。

「――今は特にいないかな」

結局、言葉を濁すことにした。勇人もそれ以上は聞かなかった。

そうして土産物を見繕（みつくろ）っていると、向こうに庄司と静香がいるのが見えた。二人で顔を付き合わせるようにして、何やら話し込んでいる。

守の目線に気付いた勇人が言った。

「ああやってどれにしようか迷うの、毎回だよな」

「ん？　あ、ああ。たしかに。よく見たかも」

「我が両親ながら本当に仲いいよな。感心するよ」

「だな」

適当に調子を合わせながらも、守の胸中は嫉妬に焦がれていた。庄司の妻に対する揺るぎない自信が見てとれるようだった。若い恋人同士のようにイチャついているわけではない。しかし、二人の間には長年連れ添った落ち着きと歴史があった。夫婦なのだから当然だ。

だが、同時に彼の心は燃えていた。静香を独占したい。


昼の間は四人で観光し、旅館で夕食をとった。夕食で軽く晩酌をやった庄司はご機嫌だった。

「夕涼みがてら、ちょっと散歩でもしないか」

「いいじゃやない。行ってらっしゃいよ」

静香が賛成すると、勇人は言った。

「いいけど、おふくろは行かないの」

「ええ。わたしは少しゆっくりさせてもらうわ。いいから男の人たちで行ってらっしゃい、ね」

静香に視線を向けられ、守も頷かざるを得ない。

「うん、わかった。行こうか」

このまま夫婦を目の前にしていても気詰まりなだけだ。ここは気持ちを切り替える上でも、話に乗っておいた方がよさそうだった。

それから男三人は浴衣姿で旅館を出て、街に向かった。

「夜も結構栄えているんだな」

ぷらぷら歩きながら勇人が言う。

温泉街にはネオンが灯り、多くの宿泊客がそぞろ歩いていた。みんなどこへ行くのだろう。守が不思議に思っていると、庄司が口を開いた。

「昔も夜店に連れて行ったことがあっただろう」

そう言えば、そんなことがあったかもしれない。子供の頃は夜の街に出るのは特別なことだった。旅行の日だけは夜更かしが許され、射的や金魚すくいなどが楽しかったことを思い出す。

だが、彼らももう大人だった。そのことは庄司もわかっているようだった。

「ストリップでも見に行くか」

だから、こんなことを言い出したのだろう。酒の勢いもあったかもしれない。社会人になった息子たちと、男同士の絆を深めようとしたらしかった。

勇人は父親の意外な提案に思わず足を止めた。

「え。今、なんて言った？　ストリップ？」

「そうだよ。なんだ、お前ら女の裸も見たことないのか」

「ないことはないけど——おい、守。どうするよ」

驚いたはずの勇人はもう乗り気だった。

だが、守は行きたくなかった。静香のことを考えているときに、別の女の裸を見て誤魔化す気にはなれなかったのだ。

「俺は止めておく。親子水入らずで行ってこいよ」

水を差すような発言に白けるかと思いきや、彼らはあまり気にしていない様子で受け入れた。

「じゃあ、俺たちちょっくら行ってくるから」

「守も来ればよかったのにな」

庄司は言うものの、あまり残念そうでもなかった。早くストリップ小屋に行きたいのだろう。父親としての庄司は厳格だが、ひと皮剝けば、男としての趣味嗜好は親子で似ているようだった。

一人になると、守はきびすを返し、旅館へ戻ることにした。一人で夜道を歩いていても楽しくはない。それより今、旅館には静香が一人で待っているはずだ。

庄司親子が楽しんでいるほんの一時でいい。彼女と二人きりになりたい。

「静香さん――」

逸る思いで部屋に帰ったが、そこに静香の姿はなかった。どこかへ出かけた様子はないので、訝しく思いながら夫婦の寝室側を見ると、彼女の鞄が開いていた。そのとき壁の向こうから人の気配がした。

内風呂に入ってるんだ――気付いた守は昂揚する。胸が高鳴り、脚が震えた。目の前に開いたバッグの中から着替えのパンティーを手に取ると、彼は鼻を埋めて思いきり深呼吸し、また元に戻して浴室へ向かった。

旅館の内風呂は半露天になっていた。部屋からドアを開けると脱衣場があり、さらに表に出て温泉があるといった形をしていた。

脱衣場で裸になった守は、鼻息も荒く浴場へ踏み出した。

「静香さん」

「……えっ？」

のんびり湯に浸かっていた静香は闖入者に驚くが、すぐに相手が誰か気付いた。

「守くん……一体どうして──」

「会いたかったよ」

気の急く守はずかずかと湯に入り込み、近づいていく。

一方、静香は落ち着いてはいられないといった慌てぶりだった。

「ダメよ、こんな所で……。あの人たちが──」

夫と息子のことを言っているのだろう。その間にも歩み寄っていた守は、安心させるように彼女の肩を抱いて言った。

「大丈夫。二人とも、しばらくは夜の街を楽しんでいるから」

「でも……」

愛しい男に抱かれた人妻は迷っているようだった。彼女からすれば、この旅はあくまで家族旅行のつもりだっただろう。守との関係は押し殺し、家庭の主婦に徹する覚悟だったのに違いない。

しかし、こうして現実に露天風呂で二人きり、愛人の手に抱かれている。

「仕方のない子ね……でも、嬉しい」

途端に女の顔になり、唇を重ねてくる。

守は無我夢中で女の舌をねぶった。

「静香さん、べちょろっ、じゅるっ」

「んふうっ、守……くん」

温泉に半身浸かり、互いの肉体をまさぐり合う。まさかのタイミングでの逢瀬に興奮はいや増していく。

やがて静香が息遣いも荒く言った。

「立って、守くん」

「う、うん」

「守くんが舐めたいの。ね、早く」

「わかった――」

言われた守は湯を蹴立てて立ち上がる。肉棒はすでに勃っていた。

「すごい、大きい」

静香は劣情に潤んだ瞳で硬直を撫でさする。そして舌を伸ばし、根元から裏筋を舐めあげると、亀頭からパクリと咥え込んだ。

「んんっ、わたしも会いたかったわ」

「ぐふうっ、静香さんいきなり……」

「守くんも、こうして欲しかったんでしょう」

彼女は言うと、激しいストロークを繰り出してきた。

「じゅぷっ、じゅるるるっ」

「はううっ、っく……」

吸い込みは激しく、守は思わず天を仰いだ。最初はあれほど遠慮がちだった人妻が、いまや自ら進んで口舌奉仕を申し出るほどになったのだ。女の変わり身の早さと、深みへと溺れていく情念のすさまじさには驚かされる。

「んぐっ、じゅるっ」

静香は股間に顔を埋めて夢中で吸った。

温かな粘膜が太竿を責め立てる。

「おうっ、ううっ……そんなに俺のことを」

「そうよ。先週は辛かったわ、会えなくて」

「俺だって……ぐふうっ。おかげでこんなに溜まっちゃったよ」

「ああん、わたしのために溜めてくれていたのね」

静香は亀頭を口に含み、舌で転がしながら、手で竿を扱き始めた。

守はたまらない。

「うはあっ、それヤバイ――」

「んふうっ、おつゆがいっぱい」

「ハアッ、ハアッ」

このまま射精してしまいそうだ。辛抱たまらなくなった守は、屈んで彼女の体を引き上げると、石床の洗い場の一角にバスタオルを敷いた。

「ここで、お互いに気持ちよくなろう」

そう言って仰向けになり、シックスナインへと誘ったのだ。

静香も素直に身を伏せて、反対向きに四つん這いになった。

「もうこんなに濡れているじゃないか」

守は目の前の媚肉を指で弄る。花弁からは明らかに湯とは違う液体があふれ出て、内腿まで滴り落ちていた。

「一人でいる間、俺のことを考えてくれていた？」

「もちろん。守くんのことばかり考えていたわ」

「本当はこの旅行、乗り気じゃなかったんだ」

「お互い辛い思いをするだけですものね」

「でも、こんなチャンスがあった」

「きっと神様の贈り物だわ」

静香は言うと、おもむろにペニスを咥え込んだ。

「おうっふ」

「んんっ、好き――」

肉棒に愉悦が走る。守もたまらず裂け目にしゃぶりついた。

「んむぅ……」

「べちょろっ、ちゅばっ」

「美味しい。静香さんのオマ×コ」

「あっ、いやあんっ。守くん、舐めるの上手になってる」

静香は鼻にかかった声で喘ぎ、悦びを表わすように身をくねらせた。

揺れる尻を守は抱え込み、濡れた花弁を覆うように舌を這わせる。

「べろっ、じゅじゅぱっ」

「んっふ、んんんっ」

やがて舐めるだけではもの足らず、指も使い始める。指先で花弁のあわいを掻き回し、ぷっくり膨れた肉芽を唇で吸うのだ。

「びじゅるるるっ、じゅるるっ」

「んああーっ、イイッ」

すると静香は耐えきれず、反射的に尻を震わせる。その瞬間、守の目にはアナルの放射皺がキュッと締まるのが見えた。

「静香さんの――」

守は本能に従い、後ろの穴を舐めていた。同時に二本の指で片方は膣に、もう片方は肉芽を弄るのに使った。

「ちゅぱっ、レロッ」

「んあああぁぁ、ダメ……」

向こうを向く静香はもはやペニスをしゃぶっていない。悦楽を堪えるのに必死で、肉棒を支えのようにして握っているだけだった。

守はウットリとして菊門を舐める。

「ベロッ、ちゅぱっ」

「ああぁっ、ダメ……もう。お願い」

「静香さんのお尻、美味しいよ」

「あふうっ、んっ。ああ、もうダメ。挿れて」

かたや静香は挿入をねだる。牝芯もこれ以上ないほど勃起していた。

そろそろ潮時だろう。そう思った守は顔を上げる。

「俺も、もう我慢できない。しよう」

それから二人は起き上がり、結ばれるのに適したところを探した。だが、半露天の内風呂にそう都合のいい場所があるはずもない。

すると、静香がざぶざぶと湯に入り、岩場へと向かった。

「こっちにいらっしゃいよ」

はしゃぐ彼女は四十一歳の人妻ではなく、二十歳の乙女のようだった。惜しげもなく裸体を晒し、彼を手招きする姿は愛らしく、守の庇護欲をくすぐった。

「待てよ」

彼も知らぬ間に楽しくなっていた。わざと湯を高く蹴立てるようにして近づいていき、彼女に飛沫がかかるようにした。

「キャッ……ちょっと、守くんってば」

「嫌がる顔もかわいいよ」

「バカ。お返しよ、えいっ」

手ですくった湯を顔にかけられ、守は大げさに仰け反ってみせる。

「おーい、やったな」

「そっちこそ。うふふ」

男女は年の差など忘れ、夢中ではしゃいでいた。

ところが、ふと静香の手が止まる。

「守くん、ねえ——」

しなを作り、艶っぽい流し目で愛人を見つめる。そうして岩場に手をつき、尻を突き出すポーズで挑発してきた。

「硬いの、ちょうだい」

「静香さんっ」

守はたまらずむしゃぶりつく。白い尻たぼを撫で回し、脂の乗ったウエストから乳房までを愛でながら、人妻の背中にキスをした。

「んっ……」

「触って。もうこんなになっているよ」

守が導き、彼女に硬直を握らせる。

「カチカチ。これでいっぱい愛して」

「もちろん——」

彼が答えるが早いか、静香は手にした肉棒を花弁に押し入れる。

「あっふ……きた」

「おうっ。あったかい」

太茎はぬぷりと音を立てて蜜壺に収まった。

守は改めて身構え、立ちバックで抽送を繰り出していく。

「ハアッ、ハアッ」

「んあ……うふうっ」

上半身を岩で支える静香もすぐに喘ぎ始めた。

花弁から牝汁が溢れ出し、太竿を濡れ光らせている。

「ハアッ、ハアッ。ううっ、締まる……」

媚肉は肉棒を締めつけてきた。立っているせいで踏ん張りが利くのかもしれない。

いずれにせよ、守は瞬く間に昇り詰めていくのを感じた。

それは静香も同様だったらしい。

「んああーっ、イイッ……」

忙しない呼吸とともに、切ない喘ぎ声を上げた。その乱れようは前回の比ではない。

いつ夫と息子が帰ってくるかわからない、というスリルと緊張感が人妻に切迫感を与えていたのかもしれない。

守はまなじりを決し、尻肉を揉みしだきつつ、肉竿を叩き込んだ。

「ハアッ、ハアッ、ぐうっ……」

今頃、庄司と勇人は見知らぬ踊り子の裸を見ているのだろう。男同士ならではのコミュニケーション。父子水入らずでのストリップ鑑賞は、二人にとって忘れがたい一日となるだろう。

一方、こちらは夫のいぬ間に密通だ。罪悪感も入り混じり、おのが欲望の深さに苦痛すら覚えるほど、快楽に溺れきっていた。

「んああーっ、オマ×コイイーッ」

「静香さんっ、静香さぁん」

「あふうっ、奥に――あああーっ」

湯の中で脚を踏みしめ、打擲に耐える人妻は妖艶に舞う。背中を反らし、肉体の悦びを言祝(ことほ)ぐように天に向かって喘ぐのだった。

守は無心で腰を穿った。

「ハアッ、ハアッ、ハアッ」

蜜壺はうねるようにして肉棒を弄んだ。出し入れするたびうねうねと蠢き、太竿の敏感な部分を刺激してくる。

頂上はすぐそこに見えていた。

「静香さん、俺……もうイキそうだ」

こめかみに脂汗を垂らしながら訴えると、静香は言った。

「わたしも。一緒にイッて」

「静香さんっ」

同時ゴールをねだる熟女がかわいかった。守は猛然と腰を突く。

「うわあああっ」

「あひいっ……イイイイーッ」

激しく揺さぶられた静香は、うなじを上気させ、喉を振り絞った。

おかげで括約筋が締まり、肉棒が揉みくちゃにされる。

「うはあっ、出すよっ──」

「イイッ、イイイイーッ、イクううっ」

喘ぐ静香は今にも崩れ落ちてしまいそうだった。岩場に支える細腕がプルプルと震え始めている。

次の瞬間、熱い塊が陰嚢から押し上げてきた。

「つくう……出るうっ！」

白濁液は、地中から噴き出すマグマのごとく勢いよく放たれた。熱い液体は瞬く間に子宮の中に広がっていく。

「んあぁ……イイ……」

静香もウットリしたようにその放出を受け止める。

だが、それで終わりではない。守が抽送を収めていくのに対し、静香はまだ最後の快楽を貪っていた。

「あはあっ、イイッ、イク……」

「ぬおぉぉぉ……」

人妻が腰振りを止めず、先に絶頂した守は呻く。果てて敏感になった亀頭が擦られるのだからたまらない。

しかし、その静香もラストスパートのようだった。

「あっひ……ふうっ、ん……イクッ、イックううーっ！」

突如全身を震わせたかと思うと、一気に絶頂に至ったのだ。きめ細やかな肌に汗を浮かべ、悦びに肉体を燃え立たせて昇り詰めた。

「うふうっ」

そしてひと息つくと、全てが終わったのだった。すさまじいイキ様であった。

二人が離れたときには、静香の股から白濁が溢れ、湯の中にこぼれた。だが、源泉掛け流しの湯はすぐに異物の痕跡を消してしまう。

愛欲を満たし、少し冷静になった静香が言う。

「そろそろあの人たちが帰ってくるわ」

「だね。俺、先に出てるから」

「そうしてくれる」

庄司たちと鉢合わせしないよう、守は先に風呂を出て浴衣に着替え、部屋の外にある大浴場へと向かった。

すると運命の悪戯か、大浴場へ向かう廊下で勇人らと出くわしたのだ。

「よお、ずっと旅館にいたのか。今から風呂？」

「え？　いや……今出てきたところだけど、もう一度入ろうかななんて」

「なら、ちょうどいい。勇人、俺たちも汗を流すか」

庄司の提案で三人一緒に大浴場へ行くことになった。勇人は興奮していた。

「守にも見せたかったな。よかったぜ、ストリップ」

「そうか。よかったな」

「マジで。見なきゃ一生の損だよ」

ストリップ体験で興奮し、こちらの動揺を覚（さと）られずに済んだのは助かった。守は気まずい思いを抱えながら、静香の夫とその息子と一緒に入浴したのだった。


風呂からも上がり、一行は就寝することになった。彼らは二室隣り合わせで部屋を借り、一室には桐谷夫妻が、もう一室には若者組と別れていた。

どちらの部屋もすでに消灯している。しかし、静香は半露天風呂での守との交わりが忘れられず、興奮して寝付けない。

すると、暗闇でふと庄司の声がした。

「寝ているのか」

「寝ていたら返事できませんよ」

どうしたのだろう。庄司がこんな風に話しかけてくるのは珍しい。まさか自分の考えていることが夫に知れたわけでもなかろうが、静香は少し不安になった。

庄司の声色は平板だった。

「お前、近頃変わったよな」

った。

守とそういうことになって以来、家でも夫の顔を見ると、つい不安が募ってくるのだ

「え。なんです、突然」

嫌な予感が当たったのだろうか。彼女は守との関係が露わになるのを恐れていた。

「あー」

「最近明るくなったんじゃないかと思ってね。ほら、ジムに通い始めてから」

しかし、庄司が言い出したのは別のことだった。

努めて平静さを装いながら、静香は内心ホッとしていた。では、不倫が露見したわ

けではないのだ。

安心したのは声の調子にも現れていた。

「やっぱり体を動かすとね、気持ちも明るくなるみたいよ」

「ふーん、そんなものかね。俺も運動でもしてみるかな」

「そうなさいよ」

「うん」

会話はそれで終わった。静香は改めて布団を被り、目を瞑った。今夜のところは大

丈夫だった。しかし、いつまでもこんな綱渡りを続けていれば、必ずいつか破綻する

ときが訪れるだろう。

それまでにどうするか心を決めなくては――彼女は夫の寝姿を眺めながら、ぼんやりと行く末を思うのだった。

一方、その頃隣室では、ふすまを隔てて聞き耳を立てる者がいた。同じく寝付けないでいた守だ。夫婦の会話を盗み聞き、一人不安に身を焦がしていた。

（静香さん、俺――）

自分に問いかけるも答えはなかった。彼の望みはただ、この先も静香と時を過ごせることだけだった。

ところが、温泉旅行から帰ってから思わぬピンチが守を直撃した。地方転勤の話が持ち上がったのだ。

午後の外回りから帰社すると、課長のデスクで冴子に告げられた。

「二年ほど行ってもらうことになるけど、悪い話じゃないわ」

「ええ。わかります、けど――」

突然降って湧いた話に、守はとまどいを感じざるを得ない。上司の言うとおり、決して悪い話ではないのだ。

しかし、二年も静香と別れることなど考えたくもない。

彼が渋っているのを見て取った冴子は言った。

「言っておくけどね、これはステップアップのためのチャンスよ。営業マンの地方転勤は、いわば昇進前の研修期間みたいなものなんだから」

「ええ。それは、わかっているつもりです」

どう答えるべきか。転勤を受け入れれば、会社人生の道は開けるが、静香としばらく会えなくなる。

あるいは転勤を断るなら、静香に会う機会はあるが、もうこの会社での昇進は諦めざるを得ないかも知れない。

守が返事できないでいると、冴子は何を思ったのか、ふと何かに気付いた顔をして声を落とし、耳元で囁いた。

「大丈夫よ。あなたが地方に行っても、あたしちゃんと会いに行ってあげるから」

「え……。あ、はあ」

どうやら冴子は、守が自分と会えなくなるのを寂しがっていると思ったようだ。言われてみれば、たしかにそれもなくはない。しかし、彼にとってはやはり静香との関係が重要だった。

「すみません。少し考えさせて下さい」

部下の結論に冴子は不服そうだったが、答えは一旦保留となった。守の心はざわめいていた。これで済むだろうか。

それから数日間、守は一人で思い悩んでいた。だが、結論は出ない。思い切って静香に相談しようかと考え出したとき、向こうから連絡が入った。「家に来て欲しい」とある。

（どうしようか……）

一瞬迷う守だったが、これも何かの因縁だと思い、訪ねることにした。

それにしても平日の昼日中、自宅に来いとは大胆なことをする。どうやら静香にも重大な話があるらしい。

会社には取引先へ回ると理由を付けて、守は桐谷家へと向かう。

昼間の住宅街は静かだった。時折配達の車が通るくらいで、勤め人はみな出払っている時間だ。

それでも敷地に入る際は、一応人目がないか確認する。特に隣人は守の顔を知っている。見られたら、どこで噂になるかわかったものではない。

インターフォンを鳴らすと、静香はすぐに玄関に顔を出した。この日、彼女は薄い七分袖のニットに花柄のロングスカート姿だった。いかにも閑静な住宅街の上品な奥さまといった感じだった。

「いらっしゃい。上がって」

「やあ、元気そうだね」

努めて明るく振る舞う守だが、それは静香が思い詰めた表情をしていたからだ。

しかし、彼女の返事はない。黙って先に立ち、廊下を進んでいく。当然リビングかキッチンへ行くと思いきや、静香は反対側にある部屋へと向かった。

「静香さん、そっちは——」

「いいから。来て」

そう言って静香が開けたのは、夫婦の寝室だった。

八畳ほどの洋室にはダブルベッドが置かれ、両側のサイドテーブルにそれぞれ間接照明が備えられている。夫婦が各々(おのおの)で使うためだろう。今はその二つだけが灯り、ベッドやクローゼットの扉を照らしている。

ベッドはきれいに整えられ、使われた痕跡は見当たらない。だが、守は入るのをためらった。そこには、夫婦だけが知る歴史が立ちはだかっているような気がしたからだった。

それに気付いた静香は言った。

「どうしたの。守くん、入っていらっしゃいな」

「うん……」

重ねて促され、守はようやく寝室に立ち入る。

一体どういうつもりだろう。たしかにこのところ静香は変わった。ジムに通うようになってから明るくなり、セックスにも積極的になってきた。

しかし、家庭を壊したくない、という思いは変わらないはずだった。だからこそ毎回苦労して外で会っているのだ。

それが、今日はどういった風の吹き回しだろう。

「静香さん、実は今日は話したいことがあって――」

「わたしも話したいことが……って、え？　守くんも？」

同時に口を開き、とまどう二人。譲り合いになる。

「守くんからどうぞ」

「いや、静香さんから話してよ。頼む」

「そう？　なら、言うわ」

ベッドの縁に腰掛けていた静香は言うと立ち上がり、彼の両肩に腕を乗せる。

「キスして」

「え。ここで……？」

「そうよ。ここで、守くんにキスしてほしいの」

「静香さん――」

何が何だかわからないまま、守は静香と唇を重ねた。ただ、このキスが人妻にとって重大な意味があることだけはわかった。

「んふうっ、レロッ」

「ふぁう、ちゅばっ」

すぐに熱く舌が絡み出す。相手の唾液を貪り、口中をまさぐるキスだった。

静香の吐息が熱を帯びていく。

「んふぁ……守くん、来て」

「ああ、静香さん――」

肩に置かれた腕に引かれ、守は覆い被さるようにベッドへ倒れ込む。

二人の体重でベッドがきしみ、男女は改めて見つめ合った。

「本当にここで――いいんだね？」

「ええ……。ねえ、わたしがしてあげる」

静香は言うと、転がって体の位置を変えた。起き上がり、守を仰向けにして覆い被さる恰好になる。

「もうあなたしか感じられない体になってしまったの」

「静香さん……」

守は夢でも見ているようだった。これまで何度も体を重ねた彼女だが、こんな風に自分の思いを口にしたことはない。

ずっと自分だけが相手を独占したい思いを募らせてきたと信じてきただけに、彼女の独白は重く胸に響いた。

「俺も、静香さんだけしか見えない」

「本当？　うれしいわ」

静香は言うと、おもむろに自らニットを脱ぎだした。男の上に跨がり、背中に手を回してブラジャーのホックも外してしまう。

「ほら、見て」

まろび出た乳房を両手で支え、誇らしげに見せつけてくる。

「きれいだ」

「守くんのことを思って、こんなに張っちゃっているのよ」

彼女は言うなり、前のめりになって乳房で顔を覆ってきた。

守はふんわりした温もりに包まれた。

「あー、いい匂いだ」

「あなたのためにお風呂で磨いたのよ」

やはり今日の静香はどこか変だ。夫婦の寝室に彼を呼び入れたことも含め、何か吹っ切ろうとしているようにも見えた。

だが、その間にも人妻はプレイを続けていた。トップレスになると、手早くロングスカートも脱ぎ、パンティー一枚になった。

「守くんのは、わたしが脱がせてあげる」

それから守のシャツのボタンを外し、ベルトを抜いて、彼もやはりパンツ一丁にさせられたのである。

「守くん——」

静香は呼びかけると、彼の乳首に吸いついた。

「ちゅばっ、んふうっ」

「はううっ、うぐっ……くすぐったいよ」

舌先でチロチロとくすぐられ、掻痒感が全身を貫く。

すると、静香はさらに熱を入れて男の尖りをねぶり始めた。

「レロレロッ、んぱっ、ちゅうう」

「ハアッ、ハアッ」

最初はくすぐったかったのが、愛撫されるうちに快感へと変わっていく。次第にゾワゾワする高揚感に包まれ、耳まで真っ赤にしながら、気付くと呼吸を荒らげているのだった。

静香の口舌奉仕はさらに続く。

「今日はいっぱい汗をかいたのね」

「う、うん……だから、臭いだろう？」

「いいえ、ちっとも。守くんの匂いだもの」

人妻はそう言って、テントを張ったパンツに鼻を押しつけて匂いを嗅いだ。

「すうーっ……ん。エッチな男の子の匂い」

「ハアッ、ハアッ。ああ、静香さん、エロい」

「ああん、嗅いでいるとたまらなくなっちゃう」

静香は股間に熱い息を吹きかけながら言うと、大きく口を開いて横ざまに硬直を甘噛みしてきた。

「うはあっ」

驚きと快楽に守は思わず仰け反ってしまう。汚れた下着の上からかぶりつくなど、なんていやらしい愛撫を仕掛けてくるのだろう。

だが、人妻は構わずねぶり続けた。青年のボクサーパンツの上から太茎に食らいつき、染みこんだ汗も一緒にチュウチュウ音を立てて吸ったのだ。

「んふうっ、守くんのここ大好き」

「俺も静香さんのことが——ううっ、お願いだ直接……」

「舐めて欲しいの？　わたしも舐めたい」

「しっ、静香さんっ」

ここまで興奮させられたらたまらない。守はもどかしさに耐えきれず、自分からパンツを脱いでしまった。

解放された肉棒は勢いよく跳ね上がる。

静香はそれをうれしそうに見た。

「今日もギンギンね」

「もちろん。静香さんがいれば」

「しゃぶっていい？」

「今にもはち切れそうだよ」

ちょっとしたやりとりの合間にも、静香は勃起物を握り扱いていた。片時も離したくない大切な物を扱うようにやさしく、だが力強く捕まえていた。

「おつゆがいっぱい――」

やがて彼女は前屈みになり、太竿をパクリと咥えた。

温かい粘膜に包まれた悦びが守の全身を貫く。

「おうっ……」

温もりに包まれた守は、その勢いで目の前の媚肉にしゃぶりつく。

「びじゅるるっ、ちゅばっ」

「んふうっ」

すると、静香も咥えながら身悶えた。

シックスナインの体勢で貪り合う二人。守は牝汁をねぶりながら、人妻が同じベッドで夫とまぐわっているところが目に浮かんだ。

「くそっ、俺の方が――」

嫉妬に身を焦がし、さらに熱を入れて割れ目を舐める。

「じゅぽっ……静香さんのオマ×コ」

「はひいっ。守くん、はげし――」

「むふうっ、じゅるるるっ」

静香は夫とするときも、こんな表情をするのだろうか。そう思うだけでやるせなかった。彼女を独り占めにしたい。

「べちょろっ、ちゅぱっ」

守は尖りに吸いついた。

途端に静香がいなないた。

「あっひいっ、ダメ……そこ」

たまらず肉棒から口を離し、ジッと何かに耐えるよう首を左右する。

花弁からトロリと粘り気のある愛液がこぼれた。

「これは、俺のものだ」

「あんっ、ダメえっ。我慢できなくなっちゃう」

静香は喘ぐなり、尻をくいっと持ち上げた。

淫らな花園が離れていく。一瞬守は残念に思うが、お楽しみはこれからだ。

「わたしが上になっていい？」

「うん、いいよ」

こちらを向いた静香の顔は蕩けていた。そこに一家の主婦を思わせる影はなく、情欲に燃える一人の女がいるのだった。

守が仰向けになると、彼女はその上に跨がってきた。

「守くんと、ここで一つになるの」

静香は彼の顔をジッと見つめながら、後ろ手に硬直を摑んでくる。

待ち受ける守の鼓動が高鳴っていく。

「静香さん──」

「行くね」

彼女は言うと、ゆっくり腰を沈めてきた。

「あっふ……」

「おうっ」

よだれを垂らした肉棒が、ぬめった裂け目に埋もれていく。

「──んあっ」

気付いたときには蜜壺が太竿を包んでいた。静香はホッと息を漏らし、充溢感を堪能しているようだった。

「きれいだ、静香さん」

見上げる景色は絶品だった。人妻が一糸まとわぬ姿で上に跨がり、淫らな表情を浮かべて身悶えている。

少なくとも、今この瞬間だけは守が彼女を独り占めしているのだ。それも、夫婦のベッドで。

同じ思いは静香も抱いているようだった。この日、あえて守を夫婦の寝室に連れ込んだのは、彼女の意思と覚悟を表わすためだったに違いない。

「ああ、わたしの守くん――」

愛おしげに言うと、静香は尻を揺さぶり始める。

太竿に愉悦が走った。

「うはあっ……っく。ハアッ、ハアッ」

「ああん、イイッ。これが好き」

彼女は口走りつつ、尻を前後左右に動かした。

「あっふう」

「ぬおおぉっ」

静香の挽(ひ)き臼(うす)を回すような腰使いが、結合部でぬちゃくちゃと音を鳴らす。

「ああん、んはあっ、イイ……」

うっとりと目を閉じて、悦楽に浸る人妻がいやらしい。

守はたまらず体を起こし、揺れる乳房にしゃぶりつく。

「びちゅるっ、ちゅばっ」

「あっふ……ああっ」

愛撫を受けた静香は身震いし、男の頭をかき抱いた。

人妻の体臭に包まれ、守は無我夢中で乳首を吸った。

「ちゅばっ、ちゅるるっ」

「あんっ、ダメ……守くんったら」

「ふうっ、ふうっ。静香さんの乳首、ビンビンだ」

「あなたのせいよ。わたし――ああっ、いけない女になってしまったわ」

罪の意識を懺悔する人妻は、ある種の神々しさを放っていた。四十一歳の女の本音が語られていた。静香は身も心も裸になってみせたのだ。

生まれ変わった静香は欲望にも忠実だった。

「ねえ、チューして」

十八歳も年上の女に甘えられ、守はいやが上にも興奮する。

すっかり起き上がった守は向かい合わせで静香とキスをした。

「べちょっ、じゅるっ」

「んあ……れろっ」

ねっとりと舌が絡みあい、互いの口中深くに差し伸べられていた。貪るようなキスは執拗に、長く続いた。

気付けば、対面座位の体勢になっていた。太腿の上に座った静香は、少し高い位置から見下ろしながら舌なめずりしてみせる。

「いっぱい気持ちよくなろうね」

「一緒に——」

気持ちを確かめ合うなり、二人同時に動き出した。

静香は上になり、膝のクッションでストロークを作る。

「あんっ、ああん、イイッ」

一方、下の守は彼女の両腰を支え、持ち上げるのと同時に尻を蠢かした。

「ハアッ、ハアッ」

「あっふ、んんっ」

こうすると互いの感じる顔が見られ、密着度も高い。

ふと俯けば、結合部がよく見えた。静香が尻を持ち上げるたび、濡れ光る太竿の根元が出たり入ったりする様子がわかった。

「あんっ、ああん、イイッ」

弾む女体の胸で乳房が揺れる。彼女が一回尻を動かすと、乳房も同じく一回揺れた。白く張り詰めた太腿にうっすら血管が走っているのがわかる。

「ああ、静香さん――」

守はたまらず内腿に手を這わせ、鼠径部をくすぐると、指先を恥毛の中へと侵入させていく。

皮膚の薄い部分を刺激され、静香がビクンと体を震わせる。

「あふうっ」

「静香さんの、クリ――」

親指が探り当てたのは、勃起した牝心だった。包皮が剝け、充血した尖りはぬめりに覆われている。

「こんなに勃っている」

彼は言いながら、ぷりっとした膨らみを指で捏ねた。

途端に静香が身悶え喘ぐ。

「んあああーっ、ダメえええっ」

「ここがいいの。感じる？」

「ん。感じ……はひいっ、ああん」

敏感な箇所を愛撫され、静香が動揺を見せる。白い喉元を晒して喘ぎ、快楽から逃れようとするように身じろぎするのだった。

「ハアッ、ハアッ」

だが、守はクリトリスを押さえたまま離さない。指の関節をうまく使い、今度は尖りを押しつぶすようにしてみせた。

「これは――どう？」

すると、静香は驚きでもしたようにビクンと震える。

「はひいっ……イイイイーッ」

そして高くいななくと、夢中でしがみついてきたのだ。

「おうっふ……」

守は危うく押し倒されそうになるが、何とか抱き留める。

一方、火のついた静香は猛然と尻を揺さぶってきた。

「ああん、ああっ、イイッ、あふんっ」

「ぬあっ……静香さん!?」

突如の反撃に守は守勢になる。蜜壺は肉棒を食い締め、尻が持ち上がるたび、竿肌が引っ張られるような感覚に襲われた。

肉襞がずりゅっずりゅっとぬめりを残し、怒張を呑み込み、また吐き出す。

「ハアッ、ハアッ」

守は息を荒らげ、悦楽に耐えた。体を重ねるにつれ、人妻の肉体は進化していくようだった。気持ちが近づいていくのと比例して、求める快楽もさらに強く深くなっていくようだ。

貞淑だった人妻は花開き、一匹の牝が誕生した。

「んあああぁ、守くんっ……」

自分ではどうしようもないといった感じで、静香は欲望の訴えるまま、夢中で腰を振り愉悦を求めた。

「ああん、あんっ、ああっ」

「ハアッ、ハアッ、ハアッ」

気付けば、守の迷いも消えていた。彼女が今日この場を選んだのは、彼にも乗り越えてきて欲しいからだ。人妻と青年、母親と息子の友人という立場を越えて、ただの男と女として悦びを分かち合うのだ。

「静香あっ……」

初めて彼は愛する人を呼び捨てにした。とことんまで愛するのだ。彼女を欲する気持ちが溢れ出し、思わず押し倒していた。

「あふうっ……」

ベッドに背中をついた静香は息を吐く。だが、手足は彼に巻き付いたままだった。しがみついて離さない——まるでそう主張するかのようだった。

上になった守は彼女の脚を広げさせ、改めて肉棒を挿入する。

「おうっ」

「んはあっ」

二人とも感度は良好だ。肉棒と蜜壺はまるで誂(あつら)えたようにピッタリと重なった。守が一人前になって以来、こうなることは運命だったかのようだ。

「俺の静香さん」

彼が呼びかけると、静香は笑みを返した。

「さん、はいらないわ」

「なら——俺の静香」

「なあに、守？」

「ずっと、いつまでもこうしていたい」

「わたしも——」

見つめ合い、語らううちにまた劣情が沸き起こる。

守は腰を振った。

「静香あっ……ハアッ、ハアッ」

すると、静香も身をのたうち始める。

「あふうっ、イイッ」

「ハアッ、ハアッ、ハアッ」

「あんっ、ああっ、んふうっ」

正常位で守は腰を穿った。両手を床に付き、真上から愛しい人の表情を眺めつつ、肉棒で抉り貫いた。

「ハアッ、ハアッ、ぬおぉ……」

蜜壺の凹凸が竿肌を舐める。表面を愛液でヌルつかせ、不規則な刺激で快楽中枢をくすぐるのだ。

「うはあっ」

思わず声が出てしまう。

だが、静香も同じく愉悦に溺れていた。

「ああん、イイッ……あふうっ」

仰向けで両脚を広げ、花弁が大口を開いて太竿を呑み込んでいる。揺れる乳房は肌に汗を浮かべ、唇は苦しそうに息を吐いていた。

やがて守は飽き足りず、片方の太腿を腋に抱えて角度を変えた。

「ぬあぁ、これで……どうだ」

「はひいっ、いいわ」

「俺も、すごく……っくう。感じるよ」

彼は一刺しごとに力を込めて抽送する。

その力強い腰使いが、人妻から羞恥のひと欠片を打ち壊した。

「んあああーっ、イイイイーッ」

突然喘ぐと背中を反らし、力み返るようにしたのだ。ウットリした表情を浮かべ、目は宙をさまよっていた。

「来て……。あなたが欲しい」

無意識に口走ると、諸手（もろて）を差し伸べて彼を求めてくる。

「静香っ」

守はがばと身を伏せて、女の体を抱きしめる。

静香の肉体は温かく、しっとりとして柔らかかった。四十一歳の人妻ならではの感触だった。若い娘ではこうはいくまい。

「静香のことが、ずっと前から好きだった」

愛でるように頬を撫で、唇を指で弾く。日頃母性に満ちたその顔は、今は女の色香で輝いている。

かたや静香も青年の顔をまじまじと見つめていた。

「わたしも同じよ――けど、あなたは若いわ」

「そんなことはわかっている。でも、年の差なんて――」

「いいえ、関係あるわ。わたしには……」

「静香」

「わたしはすぐ老けてしまう。そう、そのうちお婆さんになるのよ。でも、そのときあなたは――」

それが静香の本音なのだろう。いくら年の差など関係ないフリをしても、女の自分が年上である以上、老いへの恐怖は無視できないのかもしれない。

だが、守の気持ちも本気だった。

「やめてくれ。俺は静香が好きだし、それはこれからも変わらない。約束するよ」

「守……」

守の心は決まっていた。迷いはすっかり断ち切れていた。彼女に約束したように、これからもずっとそばにいるのだ。

「静香あっ」

再び抽送が始まった。

媚肉をぬちゃくちゃと掻き回され、静香は敏感に反応した。

「んはあっ……ああっ、イイッ」

「ハアッ、ハアッ、ハアッ」

「あんっ、あ……んふうっ」

静香は息を切らせ、手足をバタつかせる。下腹部が異常な熱を帯びてしまい、そこから逃れようとでもしているようだった。

するうち、肉棒が射精を訴えてくる。

「ハアッ、ハアッ、うぐっ……ああ、もうすぐ出そうだ」

守が言うと、静香も眉根を寄せて言い返した。

「わたしも——あひいっ、イッてしまいそう」

「静香あっ」

「守うっ」

気持ちが一つになり、一層激しく股間をぶつけ合う。

「ハアッ、ハアッ、ハアッ、ハアッ」

「あんっ、ああっ、んんっ、イイッ」

人妻の股間は牝汁で溢れかえっており、肉棒が貫くたび、花弁からかき混ぜられて濁った泡がこぼれていた。

「ハアッ、ハアッ、うう……」

陰嚢から熱い塊が押し寄せてくる。守は呻いた。

かたや静香も飛翔する用意ができたようだ。

「んああっ、きてえっ。わたし……あふうっ」

激しく乱れ、イヤイヤするみたいに顔を振り、腰をカクカクと蠢かした。

守はその腰をしっかり捕まえ、最後のひと突きに思いを込める。

「ハアッ、ハアッ……ううっ、ダメだ出るっ」

一瞬、股間が爆発したかと思った。射精の勢いは凄まじく、白濁液は子宮口に鋭く注がれた。

受け止める静香は息を呑む。

「はひいっ……」

後頭部をシーツに突き立てるように顎を反らし、グッと足を踏ん張った。

蜜壺が痙攣し、肉棒から残り汁を搾り取る。

「うはあっ」

だが、人妻はまだ腰を止めない。下から突き上げて、愉悦の最後のひとしずくまで味わい尽くすように貪った。

「んあああーっ、イックううーっ！」

絶頂の波は大きかった。彼女は胸を迫り上げながら喘ぎ、喉を振り絞るような声をあげた。

「ううっ……」

「あああ……」

それから徐々にストロークが収まっていき、ようやく止まったのだ。

「ハアッ、ハアッ、ハアッ」

すべてが終わった後、守は息苦しくてしばらく動けなかった。

静香も苦しそうだったが、その表情は心から満足していた。

「また、イッちゃった」

「なんだか初めて本当に一つになれた気がするよ」

「わたしも。好きよ、守」

「俺も好きだよ、静香」

キスを交わした後、ようやく二人は離れた。肉棒はまだ勃起したままで、牝汁に濡れ光っている。媚肉は太茎の跡をぽっかり開けながら、花弁から白いよだれを噴きこぼしているのだった。

服を着直した二人はリビングでひと息ついた。

「わたしね、決めたことがあるの」

「何を決めたの」

守は彼女が入れてくれたコーヒーを飲みながら聞き返した。

静香が微笑む。

「これからは、もっとズルくなろうと思うのよ」

彼女が言うのは、今後の二人の関係についてであった。静香曰（いわ）く、一時は思い悩んで離婚も考えたようだが、それではやはりお互いのためにならないと気づき撤回したという。

「その代わりにね、外に出て働こうと思っているのよ」

これまでは専業主婦で外出が難しかったが、働くようになれば、いくらでもデートの都合がつけられるというわけだ。

「いざというときのために貯金もできるし、一石二鳥でしょ」

「なるほど。それはすごいや」

守はうれしかった。そこまで真剣に考えていてくれたのだ。明るい未来が目に浮かぶようだった。

静香はすっかり吹っ切れた顔をしていた。

「だから、これからも今まで通り……ううん、もっと頻繁に会えるわ」

守とて桐谷家を壊したいわけではない。静香の提案が一番いいのだ。下手に泥沼に突っ込むより、不倫のスリルを楽しめばいいではないか。

「そうだね。そうしよう」

転勤の話は断ろう。冴子は鼻白むかもしれないが、若い愛人が遠くへ行かずに済み、喜んでくれるかもしれない。勇人も愛梨と正式に婚約しそうだし、これからはいろいろと変わっていくのだ。

そして後日、静香は定職を見つけた。就職祝いはラブホテルで行い、その場で守は人妻に温泉旅行をプレゼントするのだった。

（了）

※本作品はフィクションです。作品内に登場する
団体、人物、地域等は実在のものとは関係ありません。

友人(ゆうじん)の母(はは) —誘惑(ゆうわく)の媚肉(びにく)—

〈書き下ろし長編官能小説〉

2022年9月12日初版第一刷発行

著者……………………………………………伊吹功二

デザイン………………………………………小林厚二

発行人…………………………………………後藤明信

発行所……………………………………株式会社竹書房

〒102-0075　東京都千代田区三番町8-1

三番町東急ビル6F

email：info@takeshobo.co.jp

竹書房ホームページ　http://www.takeshobo.co.jp

印刷所…………………………中央精版印刷株式会社

■定価はカバーに表示してあります。

■落丁・乱丁があった場合は、furyo@takeshobo.co.jp までメールにてお問い合わせください。